KB181148

韓國의 漢詩 36

金笠 詩選

韓國의 漢詩 36

金笠 詩選

허경진 옮김

평민사

머리말

김삿갓은 우리 문학사에서 남다른 시인이다. 물론 남다른 시인이 하나둘이 아니지만, 그는 조선 후기의 봉건적인 체제 속에서 남다른 운명을 극복하기 위해 몸부림쳤으며, 그러한 몸부림을 한시의 형식 파괴로 보여 주었다. 우리 문학의 형식 가운데 가장 견고한 것이 한시의 형식인데, 그는 전통적인 한시의 형식만 파괴한 것이 아니라, 한시가 되기 위한 가장 기본적인 조건, 즉 한자까지도 쓰지 않고 풍월을 지었다. 개화기에 한때 유행하였던 언문풍월도 그가 시작하였던 것이다.

그의 시가 우리의 관심을 끄는 더 큰 이유는 그가 한시의 형식을 파괴했기 때문만이 아니라, 형식이 파괴된 한시를 통해서 당시의 통속적인 가치 관념까지도 파괴하였기 때문이다.

김삿갓의 시를 처음 본격적으로 수집해서 일반 독자들에게 소개한 이응수 선생은 그를 통속시인·민중시인·생활시인·걸인시인·방랑시인·풍류시인·풍자시인·파격시인으로 소개했는데, 그의 이러한 특성은 아직까지도 그대로 설명된다. 지배층의 위선과 허위를 풍자한 그의 시는 당시의 세태를 그대로 보여 주는 패관문학이면서, 지배층에게 몸으로 부딪쳐 가며 항거하는 풍자문학이다. 남한에서 〈김삿갓 북한 방랑기〉라는 북한 풍자 연속극이 오랫동안 방송되었고, 북한에서 〈김삿갓〉이라는 연극이 공연된 것도 그 때문이며, '죽장에 삿갓 쓰고 방랑 삼천리'라는 유행가도 오랫동안 사람들에게 사랑을 받으며 불려졌다.

김삿갓의 시를 번역할 때에 가장 중요한 문제는 현재 김삿갓이 지은 시라고 알려진 작품 가운데 과연 어디까지를 김삿갓 본인의 창작이라고 보느냐 하는 점이다. 김삿갓의 시는 문집으로 정리된 적이 없기 때문에, 아직까지도 텍스트가 제대로 확정되지 않았다. 그가 전국 팔도를 떠돌아다니며, 여기저기서 그때그때 상황에 맞도록 시를 지었기 때문이다.

그의 시를 처음 본격적으로 수집한 분은 이응수 선생인데, 그는 전국 280군의 수천 서당을 한 번씩은 들리면서 서당 훈장들이 전해 주는 김삿갓의 시를 수집했으며, 광고를 통해 지방 문인들에게서 김삿갓의 시를 수집하기도 했다.

이렇게 모아진 시들을 그는 여러 차례 신문 잡지에 소개하고, 김삿갓의 시가 아닌 시들을 가려내다가, 1939년에 학예사에서 『김립 시집』을 출간했다. 이 시집에는 과체시 50편을 포함해서 183편이 실렸다. 이 시집이 출간되자 여러 곳에서 그에게 김삿갓의 시를 보내왔으며, 그는 전문가들의 고증을 거친 뒤 1941년에 한성도서주식회사에서 다시 대중보판 『김립 시집』을 간행하였다. 이 시집에는 과시를 포함해서 343편이 실렸다. 그 뒤로 간행된 김삿갓 시집들은 대부분 이응수 선생의 이 시집을 바탕으로 해서 몇 편씩 추가해 간행되었다.

김삿갓이 세상을 떠난 지 오래 되면서 그가 지은 시들이 차츰 잊혀지고, 새로운 시가 더 이상 발견되기 힘들었기 때문이다. 김삿갓의 시가 오늘까지도 살아남아 많은 독자들에게 사랑받을 수 있었던 것은 오로지 김삿갓처럼 전국 팔도를 떠돌며 그의 시를 모아준 이응수 선생의 노고가 있었기 때문이다.

김삿갓이 지은 한시가 『김립 시집』에 다 실릴 수 없었던 것과 마찬가지로, 『김립 시집』에 실린 시들이 모두 김삿갓이 지은 시는 아니다. 전국을 떠돌아다니던 그는 하룻밤 숙소를 얻기 위해서 주인이 운을 부르는 대로 순식간에 시를 지어야 했기 때문에, 어떤 경우에는 그 상황에 알맞는 남의 시를 읊어 주기도 했다. 운을 부른 주인이나 서당 선생이 시를 잘 모르는 사람인 경우에는, 김삿갓이 즉흥적으로 읊어준 시들이 그가 지은 시로 전해지기도 했다. 이것은 바로 구비문학의 특성이기도 하다. 또는 다른 사람의 시가 오랫동안 제대로 전해지다가 원래 시인의 이름은 잊혀지고, 그 대신에 김삿갓과는 아무런 관계도 없는 시가 유명한 방랑시인 김삿갓의 이름으로 전해지기도 했다. 그래서 그의 시는 구비문학이 된 것이다.

이런 경우에 텍스트 확정의 문제가 생기는데, 가장 쉬운 방법은 여러 명의 김삿갓을 상정하는 것이다. 김삿갓으로 알려진 김병연의 생애 자체가 불투명한 지금에 와서 김병연이 지어낸 한시만을 골라내기는 힘들다. 김삿갓이 지은 것으로 알려진 시들을 일단 모아서, '김병연이 아닌 김삿갓[金삿]'의 작품으로 확정하는 작업이 필요하다. 우선 김병연 이전에 다른 시인이 지은 것이 확실한 시는 김삿갓의 시에서 제외한다. 또 막연하게 김삿갓의 이름으로 전해지지만 김삿갓 시의 특성에서 거리가 먼 시도 제외한다. 그러면 아쉬운 대로 김삿갓의 시가 추려질 것이다. 이 시들은 김병연의 시가 아니라 넓은 의미에서 김삿갓 집단의 시이다. 그래서 이 시선집의 제목도 『金炳淵 詩選』
이 아니라 『金笠 詩選』이라고 하였다.

　김삿갓 시의 텍스트를 확정하려는 노력은 정대구 선생의 논
문 「김삿갓 연구」에서 일단 마무리되었다. 이번 이 번역작업에
서는 정대구 선생의 업적을 바탕으로 하면서, 다른 시인의 작
품으로 확인된 몇 편은 제외하거나, 그 시인의 작품임을 밝혔
다. 이러한 작업이 앞으로 계속되면, 결국은 김삿갓 텍스트가
확정될 것이다.

　이 번역 작업은 이응수 선생의 『김립 시집』을 대본으로 하
면서, 다른 시인의 작품이 확실한 것을 제외하였고, 정대구 선
생이 추가한 작품들을 포함하였다. 이응수 선생은 『김립 시집』
전편을 8편으로 분류했는데, 이번 번역 작업에서도 그 시집의
체제를 그대로 이어받았다. 다만 영물편1, 2와 동물편을 합하
여 '영물편' 하나로 묶었기 때문에, 방랑편·인물편·영물편·
산천누대편·잡편·일화편의 6부로 나눴다. 원문은 거의 그대
로 싣고, 수집 과정에서 분명히 틀린 글자만 고쳤다. 작품 밑
의 설명 가운데 '(대의)'라고 한 부분은 이응수 선생의 대증보
판 『김립 시집』에서 인용하였다.

　김삿갓이 문학사에 남긴 업적 가운데 또 하나는 최후로 가
장 많은 과시(科詩)를 지었다는 점이다. 자신은 정작 과거시험
을 보지 않으면서도 그는 전국을 돌아다니면서 수많은 과시를
지었는데, 과거시험을 평생의 과업으로 생각하는 수많은 응시
생들에게 자신의 호구지책상 과시의 모범을 가르쳤으며, 심지

어는 과거장에 대신 들어가 대리시험을 치기도 하였다.

그는 호구지책 상 과시를 지었지만, 과거라는 형식을 비웃기 위해 과거시험장에 남의 이름으로 드나들었으며, 시를 지은 다음에는 껄껄 웃고 나오기도 하였다. 우리 문학사상 가장 수준 높은 과시를 가장 많이 지은 김삿갓이 자신의 이름으로는 끝내 과거시험에 응시하지 않았다는 점은 우리 문학사의 아이러니이기도 하다. 과시가 다른 시들과는 형태와 구성이 다르기 때문에, 이번 번역에서는 그의 생애를 스스로 돌아본 <난고평생시> 1편만 싣고, 나머지는 제외하였다.

이 시선이 김삿갓을 이해하는 데 조금이라도 도움이 되면 다행이겠다.

1997년 겨울
허경진

金笠 詩選 차례

영물편

金笠 詩選 차례

시집에 실리지 않은 시들

방랑편

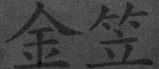

난고평생시
蘭皋平生詩

새도 둥지가 있고 짐승도 굴이 있건만
내 평생을 돌아보니 너무나 가슴 아파라.
짚신에 대지팡이로 천 리 길 다니며
물처럼 구름처럼 사방을 내 집으로 여겼지.
남을 탓할 수도 없고 하늘을 원망할 수도 없어
섣달그믐엔 서글픈 마음이 가슴에 넘쳤지.
초년엔 즐거운 세상 만났다 생각하고
한양이 내 생장한 고향인 줄 알았지.
집안은 대대로 부귀영화를 누렸고
꽃 피는 장안 명승지에 집이 있었지.
이웃 사람들이 아들 낳았다[1] 축하하고
조만간 출세하기를 기대했었지.
머리가 차츰 자라며 팔자가 기박해져
뽕나무밭이 변해 바다가 되더니,
의지할 친척도 없이 세상인심 박해지고
부모상까지 마치자 집안이 쓸쓸해졌네.
남산 새벽 종소리 들으며 신 끈을 맨 뒤에
동방 풍토를 돌아다니며 시름으로 가득 찼네.
마음은 아직도 타향에서 고향 그리는 여우 같건만
울타리에 뿔 박은 양처럼 형세가 궁박해졌네.
남녘 지방은 예부터 나그네가 많았다지만

부평초처럼 떠도는 신세가 몇 년이나 되었던가.
머리 굽실거리는 행세가 어찌 내 본래 버릇이랴만
입 놀리며 살 길 찾는 솜씨만 가득 늘었네.
이 가운데 세월을 차츰 잊어 버려
삼각산 푸른 모습이 아득하기만 해라.
강산 떠돌며 구걸한 집이 천만이나 되었건만
풍월시인 행장은 빈 자루 하나뿐일세.
천금 자제와 만석꾼 부자
후하고 박한 가풍을 고루 맛보았지.
신세가 궁박해져 늘 백안시² 당하고
세월이 갈수록 머리 희어져 가슴 아프네.
돌아갈래도 어렵지만 그만둘래도 어려워
중도에 서서 며칠 동안 방황하네.

■
* 난고는 김삿갓의 호이다.
1. 이렇게 아들 낳으면
   침상에다 뉘어 놓고,
   꼬까옷을 입혀
   구슬을 가지고 놀게 하겠네.
   乃生男子,　載寢之牀.
   載衣之裳,　載弄之璋. -『시경』소아「사간(斯干)」
   원문의 농장경(弄璋慶)은 아들 낳은 즐거움을 가리킨다. 『시경』의 다
   음 연에서 "만약에 딸을 낳으면/ 맨땅바닥에다 뉘어 놓고,/ 포대기로
   둘러/ 오지 실패나 가지고 놀게 하겠네"라고 하였다.

鳥巢獸穴皆有居，　顧我平生獨自傷.
芒鞋竹杖路千里，　水性雲心家四方.
尤人不可怨天難，　歲暮悲懷餘寸腸.
初年自謂得樂地，　漢北知吾生長鄉.
簪纓先世富貴人，　花柳長安名勝庄.
隣人也賀弄璋慶，　早晚前期冠蓋場.
髮毛稍長命漸奇，　灰劫殘門翻海桑.
依無親戚世情薄，　哭盡爺孃家事荒.
終南曉鍾一納履，　風土東邦心細量.
心猶異域首丘狐，　勢亦窮途觸藩羊.
南州從古過客多，　轉蓬浮萍經幾霜.
搖頭行勢豈本習，　摯口圖生惟所長.
光陰漸向此中失，　三角靑山何渺茫.
江山乞號慣千門，　風月行裝空一囊.
千金之子萬石君，　厚薄家風均試嘗.
身窮每遇俗眼白，　歲去偏傷鬢髮蒼.
歸兮亦難佇亦難，　幾日彷徨中路傍.

■
2. 진(晉)나라 때에 죽림칠현의 한 사람이었던 완적이 상을 당하였는데,
혜희(嵇喜)가 찾아와 문상하자 흰 눈으로 쳐다보았다. 흘겨본 것인데,
백안시(白眼視)라는 말이 여기에서 나왔다. 그러나 그의 아우인 혜강
(嵇康)이 술과 거문고를 가지고 찾아오자 푸른 눈으로 맞아들였다. 백
안시와는 반대로, 반갑게 맞는다는 뜻이다.

스스로 탄식하다

自嘆

슬프다 천지간 남자들이여
내 평생을 알아줄 자가 누가 있으랴.
부평초 물결 따라 삼천 리 자취가 어지럽고
거문고와 책으로 보낸 사십 년도 모두가 헛일일세.
청운은 힘으로 이루기 어려워 바라지 않았거니와
백발도 정한 이치이니 슬퍼하지 않으리라.
고향길 가던 꿈꾸다 놀라서 깨어 앉으니
삼경에 남쪽 지방 새 울음만 남쪽 가지에서 들리네.[1]

嗟乎天地間男兒.　知我平生者有誰.
萍水三千里浪跡,　琴書四十年虛詞.
青雲難力致非願,　白髮惟公道不悲.
驚罷還鄉夢起坐,　三更越鳥聲南枝.

■

1. 오랑캐 말은 북풍에 의지하고
　월나라 새는 남쪽 가지에 깃들이네.
　胡馬依北風,　越鳥巢南枝. -〈고시십구수(古詩十九首)〉 1
　원문의 월조(越鳥)는 남쪽 지방의 새인데, 다른 지방에 가서도 남쪽 고
　향을 그리며 남쪽 가지에 깃든다고 하였다. 김삿갓의 시에서도 고향
　에 대한 그리움을 나타내는 말로 쓰였다.

대나무 시
竹詩

이대로 저대로 되어 가는 대로
바람 치는 대로 물결치는 대로
밥이면 밥, 죽이면 죽, 이대로 살아가고
옳으면 옳고 그르면 그르고, 저대로 맡기리라.
손님 접대는 집안 형세대로
시장에서 팔고 사기는 세월대로,
만사를 내 마음대로 하는 것만 못하니
그렇고 그런 세상 그런 대로 지나세.

此竹彼竹化去竹.　風打之竹浪打竹.
飯飯粥粥生此竹.　是是非非付彼竹.
賓客接待家勢竹.　市井賣買歲月竹.
萬事不如五心竹.　然然然世過然竹.

시시비비
是是非非詩

이 해 저 해 해가 가고 끝없이 가네.
이 날 저 날 날은 오고 끝없이 오네.
해가 가고 날이 와서 왔다가는 또 가니
천시(天時)와 인사(人事)가 이 가운데 이뤄지네.

年年年去無窮去,　日日日來不盡來.
年去月來來又去,　天時人事此中催.

옳은 것 옳다 하고 그른 것 그르다 함이 꼭 옳진 않고
그른 것 옳다 하고 옳은 것 그르다 해도 옳지 않은 건 아닐
세.
그른 것 옳다 하고 옳은 것 그르다 함, 이것이 그른 것은
아니고
옳은 것 옳다 하고 그른 것 그르다 함, 이것이 시비일세.

是是非非非是是.　是非非是非非是.
是非非是是非非.　是是非非是是非.

내 삿갓
咏笠

가뿐한 내 삿갓이 빈 배와 같아
한번 썼다가 사십 년 평생 쓰게 되었네.
목동은 가벼운 삿갓 차림으로 소 먹이러 나가고
어부는 갈매기 따라 삿갓으로 본색을 나타냈지.
취하면 벗어서 구경하던 꽃나무에 걸고
흥겨우면 들고서 다락에 올라 달 구경하네.[1]
속인들의 의관은 모두 겉치장이지만
하늘 가득 비바람 쳐도 나만은 걱정이 없네.

浮浮我笠等虛舟.　一着平生四十秋.
牧竪輕裝隨野犢,　漁翁本色伴沙鷗.
醉來脫掛看花樹.　興到携登翫月樓.
俗子衣冠皆外飾,　滿天風雨獨無愁.

■
1. 완월루를 고유명사로 보아, "흥겨우면 들고서 완월루에 오르네"라고
   할 수도 있다.

스무나무 아래
二十樹下

스무나무 아래 서른 나그네가
마흔 집안에서 쉰밥을 먹네.
인간 세상에 어찌 일흔 일이 있으랴
차라리 집으로 돌아가 서른 밥을 먹으리라.

二十樹下三十客. 四十家中五十食.
人間豈有七十事, 不如歸家三十食.

■
* 이 썹놈의 서러운 나그네가
  망할 집에서 쉰밥을 먹네.
  인간 세상에 어찌 이런 일이 있으랴
  차라리 집으로 돌아가 설은 밥을 먹으리라.

죽 한 그릇
無題

네 다리 소반 위에 멀건 죽 한 그릇.
하늘에 뜬 구름 그림자가 그 속에서 함께 떠도네.
주인이여, 면목이 없다고 말하지 마오.
물속에 비치는 청산을 내 좋아한다오.

四脚松盤粥一器,　天光雲影共徘徊.
主人莫道無顔色,　吾愛靑山倒水來.

야박한 풍속
風俗薄

석양에 사립문 두드리며 멋쩍게 서 있는데
집 주인이 세 번씩이나 손 내저어 물리치네.
저 두견새도 야박한 풍속을 알았는지
돌아가는 게 낫다고[1] 숲속에서 울며 배웅하네.

斜陽鼓立兩柴扉.　三被主人手却揮.
杜宇亦知風俗薄,　隔林啼送不如歸.

■
1. 소쩍새가 "솥이 적다"고 우는 것처럼, '불여귀(不如歸)'는 '차라리 돌
   아가는 것보다 못하다'는 뜻이다. '귀촉도(歸蜀途)'도 '촉나라 (고향) 길
   로 돌아가라'는 뜻이다.

스스로 탄식하다
自嘆

구만 리 넓은 하늘인데도 머리 들기 어렵고
삼천 리 넓은 땅인데도 다리 뻗지 못하겠네.
새벽에 다락 올라가도 달 구경하는 게 아니고
사흘이나 굶은 것도 신선 되려는 게 아닐세.

九萬長天擧頭難,　三千地闊未足宣.
五更登樓非翫月,　三朝辟穀不求仙.

강 좌수가 나그네를 쫓다
姜座首逐客詩

사당동 안에서 사당을 물으니
보국대광[1] 강씨 집안이라네.
선조의 유풍은 북쪽 부처에게 귀의했건만
자손들은 어리석어 서쪽 오랑캐 글을 배우네.[2]
주인은 처마 아래서 갓을 숙이며 엿보고
나그네는 문 앞에 서서 지는 해를 보며 탄식하네.
좌수 별감이 네게는 분에 넘치는 일이니
기병 보졸 따위나 마땅하리라.

祠堂洞裡問祠堂.　輔國大匡姓氏姜.
先祖遺風依北佛,　子孫愚流學西羌.
主窺簷下低冠角,　客立門前嘆夕陽.
座首別監分外事,　騎兵步卒可當當.

■
1. 조선시대 문관 가운데 가장 높은 품계가 정1품 대광보국숭록대부(大
匡輔國崇祿大夫)였다.
2. 서쪽 오랑캐의 글을 배운다는 것은 서학(西學)을 뜻하는데, 이 집의
주인이 천주교인이라서 이렇게 썼는지는 알 수 없다. 북쪽 부처와 대
조적으로 쓴 말이다. 김삿갓을 내쫓은 주인은 나그네가 과연 갔나 안
갔나를 확인하려고 갓을 숙이고 엿보는데, 김삿갓은 문 앞에 서서 인
심 고약한 주인을 풍자하고 있다.

개성 사람이 나그네를 내쫓다
開城人逐客詩

고을 이름이 개성인데 왜 문을 닫나
산 이름이 송악[1]인데 어찌 땔나무가 없으랴.
황혼에 나그네 쫓는 일이 사람 도리 아니니
동방예의지국에서 자네 혼자 되놈일세.

邑號開城何閉門, 山名松嶽豈無薪.
黃昏逐客非人事, 禮義東方子獨秦.

■
1. 송악은 개성부 북쪽 5리에 있는데, (개성의) 진산(鎭山)이다. 처음의 이
   름은 부소(扶蘇) 또는 곡령(鵠嶺)이라고 하였다. 신라의 감간(監干) 팔원
   (八元)이 풍수지리를 잘 보았는데, 부소군에 이르러 산의 형세가 좋은
   데도 나무가 없는 모습을 보았다. 그래서 강충(康忠)에게 고하기를,
   "만약 고을을 산 남쪽으로 옮기고 소나무를 심어 바윗돌이 드러나지
   않게 한다면, 삼한(三韓)을 통일할 사람이 날 것이다"라고 하였다. 강
   충이 고을 사람들과 함께 산 남쪽에 옮겨 살면서, 온 산에다 소나무
   를 심고는 송악(松嶽·松岳)이라고 불렀다. -『신증 동국여지승람』 권4
   「개성부」

파자시
破字詩

어렵다 어렵다 해도 촉나라 가는 길이 어려운데[1]
세상 어려운 일 가운데 대동단결이 더 어렵네.
내 나이 일곱 살에 아버지 잃어 어려웠고
우리 어머니 청춘에 과부 되어 어려웠네.

難之難之蜀道難.　世上難之大同難.
我年七歲失父難.　吾母靑春寡婦難.

■
* 상대방이 '어려울 난(難)'자를 네 차례나 계속 운으로 불렀기 때문에,
정말 어렵게 지은 시이다.
1. 전국시대 진나라 혜왕이 촉을 치려고 했지만, 촉으로 가는 산 속의
길이 험해서 길을 제대로 찾을 수가 없었다. 그래서 돌을 깎아 다섯
마리의 소를 만들어 뒤에다 금을 넣고는, 촉나라 가는 길에다 놓았
다. 돌소가 금똥을 눈다는 소문을 들은 촉왕이 천여 명의 군사를 동
원하여 성도(成都)로 운반해 가자, 진나라 군사들이 마침내 이 길을
따라 촉나라를 공격해서 점령하였다. 삼국시대 촉한의 승상 제갈공명
이 남만(南蠻)을 평정할 때에도 촉도(蜀道)가 너무 험해서 목우(木牛)와
유마(流馬)를 만들어 군량미를 운반하였다.

비를 만나 시골집에서 자다
逢雨宿村家

굽은 나무로 서까래 만들고 처마에 먼지가 쌓였지만
그 가운데가 말[斗]만해서 겨우 몸을 들였네.
평생 동안 긴 허리를 굽히려 안했지만
이 밤에는 다리 하나도 펴기가 어렵구나.
쥐구멍으로 연기가 들어와 옻칠한 듯 검어진 데다
봉창은 또 얼마나 어두운지 날 밝는 것도 몰랐네.
그래도 하룻밤 옷 적시기는 면했으니
떠나면서 은근히 주인에게 고마워했네.

曲木爲椽簷着塵.　其間如斗僅容身.
平生不欲長腰屈,　此夜難謀一脚伸.
鼠穴煙通渾似漆,　蓬窓茅隔亦無晨.
雖然免得衣冠濕,　臨別慇懃謝主人.

가난
貧吟

밥상에는 고기가 없어 채소만 판을 치고
부엌에는 땔나무가 없어 울타리가 화를 당하네.
시어미와 며느리가 한 그릇으로 밥을 먹고
부자지간에 나갈 때에는 바꿔가며 옷을 입네.

盤中無肉權歸菜,　廚中乏薪禍及籬.
婦姑食時同器食,　出門父子易衣行.

주막에서
艱飮野店

천릿길을 지팡이 하나에 맡겼으니
남은 엽전 일곱 푼도 오히려 많아라.
주머니 속 깊이 있으라고 다짐했건만
석양 주막에서 술을 보았으니 내 어찌하랴.

千里行裝付一柯.　餘錢七葉尙云多.
囊中戒爾深深在.　野店斜陽見酒何.

스스로 마음 아파하다
自傷

아들을 청산에 묻고 또 아내를 묻었는데
바람 차갑고 날 저무니 더욱 쓸쓸해라.
홀연히 집으로 돌아와 보니 마치 절간 같아
혼자서 찬 이불 부둥켜안고 닭 울 때까지 앉았네.

哭子靑山又葬妻.　風酸日薄轉凄凄.
忽然歸家如僧舍，　獨擁寒衾坐達鷄.

제목을 잃어버린 시
失題

수많은 운자 가운데 하필이면 '멱'자를 부르나.
그 '멱'자도 어려웠는데 또 '멱'자를 부르다니.
하룻밤 잠자리가 '멱'자에 달려 있는데
산골 훈장은 오직 '멱'자만 아네.

許多韻字何呼覓.　彼覓有難況此覓.
一夜宿寢懸於覓.　山村訓長但知覓.

■
* 김삿갓이 어느 산골 서당에 이르러 하룻밤 재워 달라고 부탁하자, 훈
  장이 '찾을 멱(覓)'자를 부르면서 "시를 지으면 재워 주겠다"고 하였
  다. 훈장이 재워주지 않으려고 시를 짓기 가장 어려운 '멱(覓)'자만 네
  차례나 계속 부르자, 김삿갓이 산골 훈장을 풍자하며 네 구절을 다
  지었다.

거지의 시체를 보고
見乞人屍

그대 성도 이름도 모르니
고향 산천이 어디인지 알 수 있으랴.
아침이면 파리 떼가 썩은 몸에 달라붙고
저녁에는 까마귀가 조문하듯 울고 가네.
한 자 남짓 지팡이가 그가 남긴 유물이고
두어 되 남은 쌀이 빌어먹던 양식일세.
앞마을 사람들이여 내 말 좀 들어보소.
흙 한 삼태기 날라다가 비바람이나 가려주게.

不知汝姓不識名,　何處靑山子故鄕.
蠅侵腐肉喧朝日,　烏喚孤魂弔夕陽.
一寸短筇身後物,　數升殘米乞時糧.
寄語前村諸子輩,　携來一簣掩風霜.

거울을 보다
看鏡

백발 모습의 너는 김 진사가 아니구나.
나는 옥 같은 청춘이었지.
주량이 차츰 늘어가며 황금은 다 없어지고
세상일에 백발이 새로 늘어난 것을 이제야 알겠구나.

白髮汝非金進士,　我亦靑春如玉人.
酒量漸大黃金盡,　世事纔知白髮新.

가난이 죄
難貧

지상에 신선이 있으니 부자가 신선일세.
인간에겐 죄가 없으니 가난이 죄일세.
가난뱅이와 부자가 따로 있다고 말하지 말게나.
가난뱅이도 부자 되고 부자도 가난해진다오.

地上有仙仙見富,　人間無罪罪有貧.
莫道貧富別有種,　貧者還富富還貧.

농가에서 자다
宿農家

골짜기 따라 종일 가도 사람을 못 보다가
다행히도 오두막집을 강가에서 찾았네.
문을 바른 종이는 여와[1] 시절 그대로고
방을 쓸었더니 천황씨[2] 갑자년 먼지일세.
거무튀튀한 그릇들은 순임금이 구워냈고[3]
불그레한 보리밥은 한나라 창고에서 묵은 것일세.
날이 밝아 주인에게 사례하고 길을 나섰지만
지난밤 겪은 일을 생각하면 입맛이 쓰구나.

終日緣溪不見人. 幸尋斗屋半江濱.
門塗女媧元年紙, 房掃天皇甲子塵.
光黑器皿虞陶出, 色紅麥飯漢倉陳.
平明謝主登前途, 若思經宵口味幸.

■

1. 복희씨의 누이동생인데, 중국 전설에 의하면 과아(夸娥)와 여와(女媧)
   가 천지를 만들었다고 한다. 태항산(太行山)과 왕옥산(王屋山)이 기주의
   남쪽과 하양의 북쪽에 있었는데, 상제가 과아씨의 두 아들을 명하여,
   하나는 삭동(朔東)에, 하나는 옹남(雍南)에 갖다 놓게 했다. 하늘에 구
   멍이 뚫리자, 여와씨가 오색돌을 달구어 때웠다고 한다.
2. 고대 중국 전설에 세 임금이 나타나는데, 태호(太昊) 복희씨(伏羲氏)·
   염제(炎帝) 신농씨(神農氏)·황제(黃帝) 유웅씨(有熊氏), 또는 천황씨·지
   황씨·인황씨이다. 천황씨 갑자년이라면 육갑이 시작된 첫해를 뜻한
   다.
3. 순임금이 일찍이 하빈에서 질그릇을 구웠다.

안락성을 지나다가 배척받고
過安樂見斥

안락성 안에 날이 저무는데
관서지방 못난 것들이 시 짓는다고 우쭐대네.
마을 인심이 나그넬 싫어해 밥 짓기는 미루면서
주막 풍속도 야박해 돈부터 달라네.
빈 배에선 자주 천둥소리가 들리는데
뚫릴 대로 뚫린 창문으론 냉기만 스며드네.
아침이 되어서야 강산의 정기를 한번 마셨으니
인간 세상에서 벽곡¹의 신선이 되려 시험하는가.

安樂城中欲暮天.　關西孺子聳詩肩.
村風厭客遲炊飯,　店俗慣人但索錢.
虛腹曳雷頻有響,　破窓透冷更無穿.
朝來一吸江山氣,　試向人間辟穀仙.

■
* 안락성에서 안락하지 못하게 밤을 지냈으므로 풍자시를 지은 것이다.
1. 신선이 되기 위해서 곡식을 먹지 않고 수련하는 방법이다.

인물편

잠 많은 아낙네
多睡婦

이웃집 어리석은 아낙네는 낮잠만 즐기네.
누에치기도 모르니 농사짓기를 어찌 알랴.
베틀은 늘 한가해 베 한 자에 사흘 걸리고
절구질도 게을러 반나절에 피 한 되 찧네.
시아우 옷은 가을이 다 가도록 말로만 다듬질하고
시어미 버선 깁는다고 말로만 바느질하며 겨울 넘기네.
헝클어진 머리에 때 낀 얼굴이 꼭 귀신같아
같이 사는 식구들이 잘못 만났다 한탄하네.

西隣愚婦睡方濃. 　不識蠶工況也農.
機閑尺布三朝織, 　杵倦升粮半日舂.
弟衣秋盡獨稱擣, 　姑襪冬過每語縫.
蓬髮垢面形如鬼, 　偕老家中却恨逢.

게으른 아낙네
懶婦

병 없고 걱정 없는데 목욕도 자주 안 해
십 년을 그대로 시집올 때 옷을 입네.
강보의 아기가 젖 물린 채로 낮잠이 들자
이 잡으려 치마 걷어들고 햇볕 드는 처마로 나왔네.
부엌에서 움직였다 하면 그릇을 깨고
베틀 바라보면 시름겹게 머리만 긁어대네.
그러다가 이웃집에서 굿한다는 소문만 들으면
사립문 반쯤 닫고 나는 듯 달려가네.

無病無憂洗浴稀.　十年猶着嫁時衣.
乳連褓兒謀午睡,　手拾裙虱愛簷暉
動身便碎廚中器,　搔首愁看壁上機.
忽聞隣家神賽慰,　柴門半掩走如飛.

아내를 장사지내고
喪配自輓

만나기는 왜 그리 늦은 데다 헤어지기는 왜 그리 빠른지
기쁨을 맛보기 전에 슬픔부터 맛보았네.
제삿술은 아직도 초례 때 빚은 것이 남았고
염습옷은 시집올 때 지은 옷 그대로 썼네.
창 앞에 심은 복숭아나무엔 꽃이 피었고
주렴 밖 새 둥지엔 제비 한 쌍이 날아왔는데,
그대 심성도 알지 못해 장모님께 물으니
내 딸은 재덕을 겸비했다고 말씀하시네.

遇何晚也別何催.　未卜其欣只卜哀.
祭酒惟餘醮日釀,　襲衣仍用嫁時裁.
窓前舊種少桃發,　簾外新巢雙燕來.
賢否卽從妻母問,　其言吾女德兼才.

게으른 아낙네
惰婦

게으른 아낙네가 밤에 잎을 따서
겨우 죽 한 그릇을 끓였네.
부엌에서 남 몰래 마시는 소리가
산새 훌훌 날아가는 소리 같아라.

惰婦夜摘葉,　纔成粥一器.
廚間暗食聲,　山鳥善形容.

아낙네 게으름
婦惰

일이 산더미같이 쌓여도 마음은 느슨해
방 안에 세월이 가도 상관치 않네.
아침에 늦게 일어나면서 겨울밤이 짧다 투덜대고
옷을 엷게 입고서는 여름바람이 차다고 하네.
베를 짠다지만 저녁이 되어도 한 자가 안 되고
아침이 되어서야 밥상을 치우네.
때때로 남편에게 꾸지람이라도 들으면
공연히 우는 아이 때리며 중얼거리네.

事積如山意自寬.　閨中日月過無關.
曉困常云冬夜短,　衣薄還道夏風寒.
織將至暮難盈尺,　食每過朝始洗盤.
時時逢被家君怒,　漫打啼兒語萬端.

늙은 할미
老嫗

"연지분 사시오.
 동백기름도 있다오."
늙은 할미 창가에서 흰 머리 빗질하며
한마디 대답 없이 문도 열지 않네.

臙脂粉等買耶否, 冬栢香油亦在斯.
老嫗當窓梳白髮, 更無一語出門遲.

기생에게 지어 주다
贈妓

처음 만났을 때는 어울리기 어렵더니
이제는 가장 가까운 사이가 되었네.
주선(酒仙)이 시은(市隱)과[1] 사귀는데
이 여협객은 문장가일세.
정을 통하려는 뜻이 거의 합해지자
달그림자까지 합해서 세 모습이 새로워라.[2]
서로 손 잡고 달빛 따라 동쪽 성곽을 거닐다가
매화꽃 떨어지듯 취해서 쓰러지네.

却把難同調,　還爲一席親.
酒仙交市隱,　女俠是文人.
太半衿期合,　成三意態新.
相携東郭月,　醉倒落梅春.

1. '주선(酒仙)'은 술을 즐기는 김삿갓 자신이고, '시은(市隱)'은 도회지 한
   가운데 살면서도 은자같이 지내는 사람을 가리킨다.
2. 술잔 들어 밝은 달을 맞으니
   그림자까지 합해서 세 사람이 되었네.
   擧杯邀明月,　對影成三人. —이백(李白) 〈월하독작(月下獨酌)〉1

갓 쓴 어린아이를 놀리다
嘲幼冠者

솔개 보고도 무서워할 놈이 갓 아래 숨었는데
누군가 기침하다가 토해낸 대추씨 같구나.
사람마다 모두들 이렇게 작다면
한 배에서 대여섯 명은 나올 수 있을 테지.

畏鳶身勢隱冠蓋,　何人咳嗽吐棗仁.
若似每人皆如此,　一腹可生五六人.

갓 쓴 어른을 놀리다
嘲年長冠者

갓 쓰고 담뱃대 문 양반 아이가
새로 사온 『맹자』 책을[1] 크게 읽는데,
대낮에 원숭이 새끼가 이제 막 태어난 듯하고
황혼녘에 개구리가 못에서 어지럽게 우는 듯하네.

方冠長竹兩班兒,　新買鄒書大讀之.
白晝猴孫初出袋,　黃昏蛙子亂鳴池.

■
1. 맹자가 추(鄒)나라 출신이므로, 『맹자』를 추서(鄒書)라고도 불렀다.

노인이 스스로 놀리다
老人自嘲

여든 나이에다 또 네 살을 더해
사람도 아니고 귀신도 아닌데 신선은 더욱 아닐세.
다리에 근력이 없어 걸핏하면 넘어지고
눈에도 정기가 없어 앉았다 하면 조네.
생각하는 것이나 말하는 것이나 모두가 망령인데
한 줄기 숨소리가 목숨을 이어 가네.
희로애락 모든 감정이 아득키만 한데
이따금 『황정경』[1] 「내경편」을 읽어보네.

八十年加又四年.　非人非鬼亦非仙.
脚無筋力行常蹶,　眼乏精神坐輒眠.
思慮語言皆妄伝,　猶將一縷線線氣.
悲哀歡樂總茫然,　時閱黃庭內景篇.

■
1. 『황정경』은 양생법(養生法)을 설명한 도가(道家)의 책인데, 여러 가지
   가 있다. 수련하는 사람들이 많이 읽었으며, 일부러 작은 글씨로 베
   끼기도 하였다.

늙은이가 읊다
老吟

오복 가운데 수(壽)가 으뜸이라고 누가 말했던가.[1]
오래 사는 것도 욕이라고 한 요임금 말이 귀신 같네.[2]
옛 친구들은 모두 다 황천으로 가고
젊은이들은 낯설어 세상과 멀어졌네.
근력이 다 떨어져 앓는 소리만 나오고
위장이 허해져 맛있는 것만 생각나네.
애 보기가 얼마나 괴로운 줄도 모르고
내가 그냥 논다고 아이를 자주 맡기네.

五福誰云一曰壽,　堯言多辱知如神.
舊交皆是歸山客,　新少無端隔世人.
筋力衰耗聲似痛,　胃腸虛乏味思珍.
內情不識看兒苦,　謂我浪遊抱送頻.

■
1. (기자가 무왕께 아뢰었다.) 다섯 가지 복은 이렇습니다.
   첫째는 오래 사는 것이고, 둘째는 부유해지는 것입니다. 셋째는 건강
   하고 편안한 것이며, 넷째는 아름다운 덕을 닦는 것이고, 다섯째는
   천명을 다하고 죽는 것입니다. [五福, 一曰壽, 二曰富, 三曰康寧, 四曰攸好德,
   五曰考終命.] -『서경』 주서 「홍범(洪範)」
2. 요임금이 (국경을 지키는 이에게) 말하였다.
   "아들이 많으면 근심이 많아지고, 부귀하면 일이 많으며, 장수하면 욕
   된 일이 많아지는 법이오." -『장자』 제12편 「천지」

지사를 놀리다
嘲地師

가소롭구나 용산 사는 임 처사여
늘그막에 어이하여 이순풍[1]을 배웠나.
두 눈으로 산줄기를 꿰뚫어 본다면서
두 다리로 헛되이 골짜기를 헤매네.
환하게 드러난 천문도 오히려 모르면서
보이지 않는 땅 속 일을 어찌 통달했으랴.
차라리 집에 돌아가 중양절 술이나 마시고
달빛 속에서 취하여 여윈 아내나 안아 주시게.

可笑龍山林處士,　暮年何學李淳風.
雙眸能貫千峰脈,　兩足徒行萬壑空.
顯顯天文猶未達,　漠漠地理豈能通.
不如歸飮重陽酒,　醉抱瘦妻明月中.

■
1. 당나라 사람인데 역산(曆算)에 밝았으며, 정관(貞觀) 연간에 장사랑이
　되어 혼천의(渾天儀)를 만들었다. 법상서(法象書) 7편과 기사점(己巳占)
　등을 지었다.

종일 고개 숙인 나그네
盡日垂頭客

두툼하게 솜 넣은 버선에 가죽신을 신고
서리 밟으며 집 나서면 저녁에나 돌아오네.
연두색 두루마기는 길어서 땅을 쓸고
진홍빛 부채는 하늘을 반이나 가리네.
시집 한 권 읽고는 율격을 떠벌리지만
천금 재산 다 없애고도 쓸 곳을 찾네.
붉은 대문집[1] 찾아가서 하루 종일 굽실대지만
고향 사람 만나면 기세가 대단하네.

唐鞋崇襪數斤綿.　踏盡淸霜赴暮煙.
淺綠周衣長曳地，　眞紅唐扇半遮天.
詩讀一卷能言律，　財盡千金尙用錢.
朱門盡日垂頭客，　若對鄕人意氣全.

■
* 이 시는 김재철 선생이 전해준 시라고 하는데, 그 뒤에 어떤 사람이
  이웅수 선생에게 나타나 자기 조상의 글이라 했다고 한다. 아직 누구
  의 시인지 확인되지는 않았다.
1. 권문세가의 집을 가리킨다.

훈장을 훈계하다
訓戒訓長

두메산골 완고한 백성이 괴팍한 버릇 있어
문장대가들에게 온갖 불평을 떠벌리네.
종지 그릇으로 바닷물을 담으면 물이라 할 수 없으니[1]
소귀에 경 읽기인데 어찌 글을 깨달으랴.
너는 산골 쥐새끼라서 기장이나 먹지만
나는 날아오르는 용이라서 붓끝으로 구름을 일으키네.
네 잘못이 매 맞아 죽을죄지만 잠시 용서하노니
다시는 어른 앞에서 버릇없이 말장난 말라.

化外頑氓怪習餘.　文章大塊不平噓.
蠡盃測海難爲水,　牛耳誦經豈悟書.
含黍山間奸鼠爾,　凌雲筆下躍龍余.
罪當笞死姑舍己,　敢向尊前語詰踞.

■
1. 공자께서 동산에 올라가 보시고 노나라를 작게 여기셨고, 태산에 올
  라가 보시고 천하를 작게 여기셨다. 그러므로 큰 바다를 본 사람은
  작은 물을 물이라고 하기가 어려워지고, 성인의 문하에서 배운 사람
  은 여느 사람의 말을 말이라고 하기가 어려워진다. -『맹자』권13
  「진심」상
  원문의 측(惻)자는 측(測)자로 고쳐야 한다. 송(頌)자도 송(誦)자로 고쳤
  다.

훈장
訓長

세상에서 누가 훈장이 좋다고 했나.
연기 없는 심화가 저절로 나네.
하늘 천 따 지 하다가 청춘이 지나가고
시와 문장을 논하다가 백발이 되었네.
지성껏 가르쳐도 칭찬 듣기 어려운데
잠시라도 자리를 뜨면 시비를 듣기 쉽네.
장중보옥[1] 천금 같은 자식을 맡겨 놓고
매질해서 가르쳐 달라는 게 부모의 참마음일세.

世上誰云訓長好, 無烟心火自然生.
曰天曰地靑春去, 云賦云詩白髮成.
雖誠難聞稱道賢, 暫離易得是非聲.
掌中寶玉千金子, 請囑撻刑是眞情.

■
1. 장중보옥은 손안에 쥔 구슬을 말하는데, 사랑스러운 아내나 딸을 가
  리킨다.

그림자
咏影

들어오고 나갈 때마다 날 따르는데도 고마워 않으니
네가 나와 비슷하지만, 참 나는 아니구나.
달빛 기울어 언덕에 누우면 도깨비 모습이 되고
밝은 대낮 뜨락에 비치면 난쟁이처럼 우습구나.
침상에 누워 찾으면 만나지 못하다가
등불 앞에서 돌아보면 갑자기 마주치네.
마음으로는 사랑하면서도 종내 말이 없다가
빛이 비치지 않으면 자취를 감추네.

進退隨儂莫汝恭.　汝儂酷似實非儂.
月斜岸面篤魁狀,　日午庭中笑矮容.
枕上若尋無覓得,　燈前回顧忽相逢.
心雖可愛終無信,　不映光明去絶蹤.

■
* 남상교(南尙敎)의 시라는 말도 있다.

영물편

金笠

망건
網巾

거미에게 그물짜기를 배우고 귀뚜라미에게 베짜기를 배워
작은 것은 바늘구멍 같고 큰 것은 돗바늘 구멍 같네.
잠시 동안에 천 줄기 머리털을 다 묶고 나면
갓이나[1] 관들이[2] 다 따라오네.

網學蜘蛛織學蛩. 小如針孔大如銎.
須臾捲盡千莖髮, 烏帽接䍦摠附庸.

■
1. 오사모(烏紗帽)는 검은 명주실로 짠 모자인데, 관원들이 관복을 입을 때 썼다. 요즘은 구식 혼례 때에 신랑이 쓴다.
2. 두건 이름인데, 흰 모자이다. 접리(接離·接籬)라고도 쓴다.

요강
溺缸

네가 있어 깊은 밤에도 사립문 번거롭게 여닫지 않아
사람과 이웃하여 잠자리 벗이 되었구나.
술 취한 사내는 너를 가져다 무릎 꿇고
아름다운 여인네는 널 끼고 앉아 살며시 옷자락을 걷네.
단단한 그 모습은 구리산 형국이고
시원하게 떨어지는 물소리는 비단폭포를 연상케 하네.
비바람 치는 새벽에 가장 공이 많으니
한가한 성품 기르며 사람을 살찌게 하네.[1]

賴渠深夜不煩扉.　令作團隣臥處圍.
醉客持來端膽膝,　態娥挾坐惜衣收.
堅剛做體銅山局,　灑落傳聲練瀑飛.
最是功多風雨曉,　偸閑養性使人肥.

■
1. 오줌이 거름이 되고, 또 비바람 치는 새벽에도 문 밖에 나가지 않고
   편안히 일 보게 하므로 사람을 살찌게 한다는 뜻이다.

장기

博

술친구나 글친구들이 뜻이 맞으면
마루에 마주앉아서 한바탕 싸움판을 벌리네.
포가 날아오면 군세가 장해지고
사나운 상이 웅크리고 앉으면 진세가 굳어지네.
치달리는 차가 졸을 먼저 따먹자
옆으로 달리는 날쌘 말이 궁을 엿보네.
병졸들이 거의 다 없어지고 잇달아 장군을 부르자
두 사가 견디다 못해 장기판을 쓸어버리네.

酒老詩豪意氣同. 戰場方設一堂中.
飛包越處軍威壯, 猛象蹲前陣勢雄.
直走輕車先犯卒, 橫行駿馬每窺宮.
殘兵散盡連呼將, 二士難存一局空.

안경

眼鏡

강호에 사람이 늙어 갈매기처럼 희어졌는데
검은 알에 흰 테 안경을 쓰니[1] 소 한 마리 값일세.
고리눈은 장비와 같아 촉나라 범이 웅크려 앉았고[2]
겹눈동자는 항우와 같아 목욕한 초나라 원숭이일세.[3]
얼핏 보면 알이 번쩍여 울타리를 빠져 나가는 사슴 같은데
노인이 『시경』「관저」편을[4] 신나게 읽고 있네.
소년은 일도 없이 멋으로 안경 걸치고
봄 언덕으로 당나귀 거꾸로 타고 당당히 다니네.

∎

* 운으로 쓴 글자를 포함해서, 끝나는 글자들이 모두 짐승 이름이다. 일
  곱째 구절 끝 글자만 안경을 뜻한다.
1. 안경 다리를 예전에는 중간에 접도록 만들었는데, 이것이 두루미 무
   릎을 닮았다고 해서 학슬(鶴膝)이라고 불렀다. 오정(烏精)은 거무스름한
   안경알을 가리킨다.
2. 『삼국지연의』주인공인 장비가 고리눈이었는데, 촉한(蜀漢)의 오호대
   장(五虎大將) 가운데 한 사람이다.
3. 항우가 겹눈동자인데, 고향이 형주였다. 한신이 항우의 급한 성격을
   비웃으며, "목욕한 원숭이가 관을 썼다"고 하였다.
4. 구륵구륵 징경이는
   황하 섬 속에 있고,
   아리따운 아가씨는
   군자의 좋은 짝일세.
   關關雎鳩,   在河之洲.
   窈窕淑女,   君子好逑. -『시경』주남「관저(關雎)」
   젊은이가 아리따운 아가씨를 그리워하는 시이다.

江湖白首老如鷗. 鶴膝烏精價易牛.
環若張飛蹲蜀虎, 瞳成項羽沐荊猴.
霎疑濯濯穿籬鹿, 快讀關關在渚鳩.
少年多事懸風眼, 春陌堂堂倒紫騮.

떨어진 꽃
落花吟

새벽에 일어나 온 산이 붉은 걸 보고 놀랐네.
가랑비 속에 피었다 가랑비 속에 지네.
끝없이 살고 싶어 바위 위에도 달라붙고
가지를 차마 떠나지 못해 바람 타고 오르기도 하네.
두견새는 푸른 산에서 슬피 울다가 그치고
제비는 진흙에 붙은 꽃잎을 차다가 그저 올라가네.
번화한 봄날이 한차례 꿈같이 지나가자
머리 흰 성남의 늙은이가 앉아서 탄식하네.

曉起翻驚滿山紅.　開落都歸細雨中.
無端作意移黏石,　不忍辭枝倒上風.
鵑月靑山啼忽罷,　燕泥香逕蹴全空.
繁華一度春如夢,　坐嘆城南頭白翁.

눈 속의 차가운 매화
雪中寒梅

눈 속에 핀 차가운 매화는 술에 취한 기생 같고
바람 앞에 마른 버들은 불경을 외는 중 같구나.
떨어지는 밤꽃은 삽살개의 짧은 꼬리 같고
갓 피어나는 석류꽃은 뾰족한 쥐의 귀 같구나.

雪中寒梅酒傷妓,　風前槁柳誦經僧.
栗花落花狵尾短,　榴花初生鼠耳凸.

두견화 소식을 묻다
問杜鵑花消息

창 앞의 새에게 묻노니
어느 산에서 자고 왔느냐?
산 속의 사정을 잘 알 테니
두견화가 벌써 피었던가?

問爾窓前鳥, 何山宿早來.
應知山中事, 杜鵑花發耶.

■
* 여류시인 박죽서(朴竹西, 1827년 이전~1847년 이후)의 『죽서시집』에 <십
  세작(十歲作)>이란 시가 실려 있다.
  창 밖에서 우는 저 새야
  간밤엔 어느 산에서 자고 왔느냐.
  산 속 일은 네가 잘 알겠구나.
  진달래꽃이 피었는지 안 피었는지.
  窓外彼啼鳥, 何山宿便來.
  應識山中事, 杜鵑開未開.

  『죽서시집』은 1851년에 편집되었는데, 이 시가 널리 전하다가 몇 자
  바뀌면서 김삿갓의 시라고 잘못 전해진 듯하다. 김삿갓의 작품 목록
  에서는 빼야 하지만, 여기서는 참고삼아 싣는다.

고미
苽

외모는 위장군이고[1]
중심은 연태자일세.[2]
너는 본래 땅에 속한 물건인데
어찌 둥근 하늘을 본따는가.

外貌將軍衛,　中心太子燕.
汝本地氣物,　何事體天團.

■
1. 위장군은 위청(衛靑)이다. 고미의 겉이 푸르다는 뜻이다.
2. 연나라 태자의 이름은 단(丹)이다. 고미의 속이 붉다는 뜻이다.
* 겉은 푸르고 속은 붉은 고미의 모습을 대조적으로 표현하면서, 땅과
　하늘도 대조적으로 끌어들였다.

눈 오는 날
雪日

늘 눈이 내리더니 어쩌다 개어
앞산이 희어지고 뒷산도 희구나.
창문을 밀쳐 보니 사면이 유리벽이라
아이에게 시켜서 쓸지 말라고 하네.

雪日常多晴日或.　前山旣白後山亦.
推窓四面琉璃壁,　分咐寺童故掃莫.

■
* 김삿갓이 금강산 어느 절에 가서 하룻밤을 재워 달라고 청하자, 중이
　거절했다. 김삿갓이 절을 나가려 하자, 혹시 김삿갓이 아닌가 생각하
　고 시를 짓게 하였다. 혹(或)·역(亦)·막(莫)자를 운으로 불러 괴롭혔
　지만, 김삿갓이 위의 시를 짓고는 잠을 자게 되었다. (대의)

눈
雪

천황씨가 죽었나 인황씨가 죽었나[1]
나무와 청산이 모두 상복을 입었네.
밝은 날에 해가 찾아와 조문한다면
집집마다 처마 끝에서 눈물[2] 뚝뚝 흘리겠네.

天皇崩乎人皇崩,　萬樹靑山皆被服.
明日若使陽來弔,　家家簷前淚滴滴.

---

1. 고대 중국 전설에 세 임금이 나타나는데, 태호(太昊) 복희씨(伏羲氏)·
   염제(炎帝) 신농씨(神農氏)·황제(黃帝) 유웅씨(有熊氏), 또는 천황씨·지
   황씨·인황씨이다.
2. 눈 녹아 흐르는 물이 천황씨의 죽음을 슬퍼하여 흘리는 눈물이기도
   하다.

이

虱

주리면 피를 빨다가 배부르면 떨어지니
삼백 가지 곤충 가운데 가장 하등일세.
먼 길 나그네 품속에서 따스한 한낮을 걱정하다가[1]
가난한 사람 배 위에서 새벽 천둥소리를 듣네.[2]
모습은 밀 같지만 누룩이 되지 못하고
글자는 풍(風)자가 되지 못해[3] 매화를 못 떨어뜨리네.
네게 묻노니, 신선의 몸에도 들어갔던가.
마고할미가 머리 긁으며 천태산에 앉아 있었지.

飢而吮血飽而擠.　三百昆虫最下才.
遠客懷中愁午日,　窮人腹上聽晨雷.
形雖似麥難爲麵,　字不成風未落梅.
問爾能侵仙骨否,　麻姑搔首坐天臺.

■
1. 날씨가 따뜻해지면 나그네가 옷을 벗고는, 햇살 속에서 이를 잡는다.
2. 창자가 비어서 "쪼르륵" 소리가 저절로 나는데, 배에다 대고 들으면
   천둥소리처럼 크게 들린다.
3. '바람 풍(風)'자에서 한 획이 떨어지면 '이 슬(虱)'자가 된다.

벼룩

蚤

모습은 대추씨 같지만 용기가 뛰어나
이와는[1] 친구 삼고 전갈과는 이웃일세.
아침에는 자리 틈에 몸을 숨겨 찾을 수 없고
저녁에는 이불 속에 다리 물려고 가까이 오네.
뾰족한 주둥이에 물릴 때마다 찾아볼 마음이 생기고
알몸으로 뛸 때마다 단꿈이 자주 깨네.
밝은 아침에 일어나 살갗을 살펴보면
복사꽃 만발한 봄날 경치를 보는 것 같네.

貌似棗仁勇絶倫.　半風爲友蝎爲隣.
朝從席隙藏身密,　暮向衾中犯脚親.
尖嘴嚼時心動索,　赤身躍處夢驚頻.
平明點檢肌膚上,　剩得桃花萬片春.

■

1. 원문의 '반풍(半風)'은 '슬(虱)'자를 뜻하니, '이'를 가리킨다.

고양이

猫

밤에는 남북 길을 제멋대로 다니며
여우와 살쾡이 사이에 끼어 삼걸이 되었네.
털은 흑백이 뒤섞여 수를 놓고
눈은 청황색에다 남색까지 물들었네.
귀한 손님 밥상에선 맛있는 반찬을 훔쳐 먹고
늙은이 품속에선 따뜻한 옷에 덮여 자니,
쥐가 어디에 있나 찾아나설 땐 교만 떨다가
야옹소리 크게 지를 땐 간담이 크기도 해라.[1]

乘夜橫行路北南.　　中於狐狸傑爲三.
毛分黑白渾成繡,　　目狹靑黃半染藍.
貴客床前偸美饌,　　老人懷裡傍溫衫.
那邊雀鼠能驕慢,　　出獵雄聲若大談.

■
1. 원문에는 끝 글자가 담(談)자로 되어 있지만, 이응수 선생의 대의(大
意)에는 담(膽)자로 되어 있다. 원문대로 번역하면 '큰소리치다'는 뜻
이 된다.

고양이
猫

세상에선 범에 비기는데 왜 저리 검은빛일까.
밝은 달빛처럼 쏘아보는 눈길로 마당을 살피네.
두루 살피다가 쥐를 보면 축지법으로 달려가고
갉아먹는 쥐소리 들어도 날쌔게 달려가네.
위엄스런 야옹소리에 집안이 편안해지고
사로잡은 쥐를 놀리는 모습도 꽤 볼 만하지.
농가에선 추수할 때도 쥐의 피해가 전혀 없어[1]
일찍이 고양이 칭찬이 책에 올라 삼천 년이나 전해오네.[2]

世稱虎犧色何玄.　　射彩金精視必圜.
迥察兩端趨縮地,　　高聽亂齧勢騰天.
吃威能使安藩內,　　俘觙堪觀弄困前.
田舍秋登應無害,　　曾蒙禮典歲三千.

■
1. 고양이가 쥐나 참새를 쫓아주기 때문이다.
2. 옛 군자는 그들로 하여금 반드시 보답하게 하였다. 고양이 신을 맞
   아들이는 것은 그(고양이)들이 밭의 쥐를 잡아먹기 때문이고, 호랑이
   신을 맞아들이는 것은 그(호랑이)들이 밭의 돼지를 잡아먹기 때문이다.
   그래서 (그 고양이와 호랑이 귀신을) 맞아들여 제사 지낸다. - 『예기』 제
   11 「교특생(郊特牲)」

고양이
猫

삼백 짐승 가운데 네 재주가 가장 뛰어나
가뿐하게 오고가며 먼지도 날리지 않네.
다니다가 범을 보면 잠시 자취를 감추지만
달리다가 삽살개를 만나면 뺨을 치며 대드네.
쥐 잡을 때엔 주인집에서 칭찬 듣지만
이웃집 닭을 잡아먹을 땐 어찌 밉지 않으랴.
남쪽 길 북쪽 골목으로 울며 다니면
마을마다 밤에 울던 아이들이 뚝 그치네.

三百群中秀爾才.　乍來乍去不飛埃.
行時見虎暫藏跡,　走處逢狵每打腮.
獵鼠主家雖得譽,　捉鷄隣里豈無猜.
南街北巷啼歸路,　能怮千村夜哭孩.

늙은 소

老牛

파리한 뼈는 앙상하고 털마저 빠졌는데
늙은 말 따라서 마구간을 같이 쓰네.
거친 들판에서 짐수레 끌던 옛 공은 멀어지고
목동 따라 푸른 들에서 놀던 그 시절 꿈 같아라.
힘차게 끌던 쟁기도[1] 텃밭에 한가히 놓였는데
채찍 맞으며 언덕길 오르던 그 시절 괴로웠었지.
가련해라, 밝은 달밤은 깊어만 가는데
한평생 부질없이 쌓인 고생을 돌이켜보네.

瘦骨稜稜滿禿毛.　　傍隨老馬兩分槽.
役車荒野前功遠,　　牧竪靑山舊夢高.
健耦常疎閑臥圃,　　苦鞭長閱倦登皐.
可憐明月深深夜,　　回憶平生謾積勞.

---

1. '쟁기 우(耦)'자에는 '짝이 되어서 함께 밭을 갈던 암소'라는 뜻도 들
   어 있다.

산천누대편

금강산에 들어가다
入金剛

푸른 길 따라서 구름 속으로 들어가니
누각이 시인의 발걸음을 멈추게 하네.
눈발 흩날리며 걸린 폭포는 용의 조화가 분명하고
하늘 찌르며 솟은 봉우리는 칼로 신통하게 깎았네.
속세 떠난 흰 학은 몇 천 년이나 살아왔는지
시냇가 푸른 소나무도 삼백 길이나 되어 보이네.
스님은 내가 봄잠 즐기는 것도 알지 못하고
무심하게 낮종을 치고 있구나.

緣靑碧路入雲中.　　樓使能詩客住笻.
龍造化含飛雪瀑,　　劍精神削揷天峰.
仙禽白幾千年鶴,　　澗樹靑三百丈松.
僧不知吾春睡腦,　　忽無心打日邊鍾.

금강산 경치
金剛山景

금강산 경치를 즐겨 버려야겠네.
푸른 산이 모두 뼈만 남았네.[1]
그 뒤에 나귀 탄 나그네가
흥이 없어 머뭇거리네.[2]

樂捨金剛景, 靑山皆骨余.
其後騎驪客, 無興但躊躇.

■
1. 금강산의 이름이 봄에는 봉래산, 여름에는 금강산, 가을에는 풍악(楓
  岳), 겨울에는 개골산이다. 겨울에는 나뭇잎도 다 떨어지고 바윗돌만
  삐죽 솟았기 때문에 개골산이라고 하였다.
2. 봄, 여름, 가을의 금강산 경치를 소문 듣고 찾아온 나그네가 뼈만 남
  은 겨울 개골산을 보고는, 구경할 것이 없어서 머뭇거린다는 뜻이다.
* 첫 구절의 '락(樂)'자가 '약(若)'자로도 전해진다. 그 경우에는 뜻이 완
  전히 달라진다.
  만약 금강산의 경치가 없어진다면
  청산은 모두 뼈만 남으리.
  그러면 나귀 탄 구경꾼들이
  흥이 나지 않아서 머뭇거리겠지.

금강산에 들어서다
入金剛

글 배우다가 백발이 되고 칼 배우다가 황혼이 되니[1]
천지는 무궁한데 인간의 한은 길기만 하구나.
장안의 붉은 술 열 말을 실컷 마시고
가을바람에 삿갓 쓰고 금강산에 들어서네.

書爲白髮劍斜陽.　天地無窮一恨長.
痛飮長安紅十斗,　秋風簑笠入金剛.

■

1. '책과 칼[書劍]'은 선비가 늘 지니고 다니는 두 가지 도구이다. 무과
   를 보기 위해서 칼을 배우는 것이 아니라, 장부의 기개를 나타내기
   위해서 칼을 배우고 활을 쏘았다.

스님에게 금강산 시를 답하다
答僧金剛山詩

백 척 붉은 바위 계수나무 아래 암자가 있어
사립문을 오랫동안 사람에게 열지 않았소.
오늘 아침 우연히 시선께서 지나는 것을 보고
학 불러 암자를 보이게 하고 시 한 수를 청하오. -스님
우뚝우뚝 뾰족뾰족 기기괴괴한 가운데
인선(人仙)과 신불(神佛)이 함께 엉겼소.
평생 금강산 위해 시를 아껴 왔지만
금강산에 이르고 보니 감히 시를 지을 수가 없소. -삿갓

百尺丹岩桂樹下,　柴門久不向人開.
今朝忽遇詩仙過,　喚鶴看庵乞句來. -僧
矗矗尖尖怪怪奇,　人仙神佛共堆凝.
平生詩爲金剛惜,　詩到金剛不敢詩. -笠

묘향산

妙香山詩

평생 소원이 무엇이었던가.
묘향산에 한번 노니는 것이었지.
산 첩첩, 천 봉 만 길에
길 층층, 열 걸음에 아홉 번은 쉬네.

平生所欲者何求. 每擬妙香山一遊.
山疊疊千峰萬仞, 路層層十步九休.

구월산
九月山峰

지난해 구월에 구월산을 지났는데
올해 구월에도 구월산을 지나네.
해마다 구월에 구월산을 지나니
구월산 풍경은 늘 구월일세.

昨年九月過九月.　今年九月過九月.
年年九月過九月.　九月山光長九月.

부벽루
浮碧樓吟

세 산이 푸른 하늘 위로 반쯤 내밀었고
두 물줄기가 백로주에서 나뉘었네.[1]
옛날 문장가가 내 글귀를 이미 빼앗았으니[2]
석양에 붓 내던지고 양주로 내려오네.

三山半落靑天外,　二水中分白鷺洲.
古代文章奪吾句,　夕陽投筆下楊洲.

■
* 부벽루는 평안남도 평양시 금수산 동쪽(모란봉 구역)에 있는 고려 초기
의 누정이다. 정면 5칸의 1층 2익공 건물인데, 원래 영명사의 부속
건물인 영명루였다. 12세기 초에 예종이 군신들과 모여 놀면서 부벽
루라고 이름을 고쳤다.
1. 이 두 구절은 당나라 시인 이백(李白)의 시 <등금릉봉황대(登金陵鳳凰
臺)>에서 그대로 인용한 것이다. 금릉은 지금의 남경인데, 송나라 시
대에 진귀한 새들이 몰려와 아름답게 울자, 그 언덕을 '봉황대'라고
하였다. 남경 서남쪽에 봉우리 셋이 있었으며, 진회(秦淮)의 물줄기가
남경에 이르러 백로주를 끼고 두 줄기로 갈라져 흘렀다.
2. 김삿갓이 지으려고 했던 구절을 이백이 이미 지었다.

경치를 즐기다
賞景

한 걸음 두 걸음 세 걸음 가다가 서니
산 푸르고 바윗돌 흰데 틈틈이 꽃이 피었네.
화공으로 하여금 이 경치를 그리게 한다면[1]
숲속의 새소리는 어떻게 하려나.

一步二步三步立, 山青石白間間花.
若使畵工模此景, 其於林下鳥聲何.

---

1. 원문에는 모(謀)자로 되어 있지만, 모(模)자로 고쳐야 뜻이 더 잘 통한
   다.

산을 구경하다
看山

지친 말 타고 산 구경하기가 좋아서
채찍질 멈추고 천천히 갔네.
바위 사이로 겨우 길 하나가 있고
연기 오르는 곳에 두세 집이 보이네.
꽃빛을 보니 봄이 왔구나.[1]
시냇물 소리는 비가 왔나 보네.
멍하니 서서 돌아갈 생각도 잊었는데
해가 진다고 종이 말하네.[2]

倦馬看山好,　停鞭故不加.
岩間纔一路,　烟處或三家.
花色春來矣,　溪聲雨過耶.
渾忘吾歸去,　奴曰夕陽斜.

■
1. 원문에는 '시(矢)'자로 되어 있는데, '의(矣)'자로 써야 글이 된다.
2. "종이 말한다[奴曰]"는 구절 때문에 김삿갓이 지은 시가 아니라고 말
　하는 사람도 있다.

안변에서 표연정에 오르다

安邊登飄然亭

숲속 정자에 가을이 벌써 깊어
시인의 생각은 끝이 없어라.
먼 강물은 하늘에 닿아 푸르고
서리 맞은 단풍은 햇빛[1] 받아 붉어라.
산은 외로운 달바퀴를 토해내고
강물은 만 리 바람을 머금었는데,
변방 기러기는 어디로 가는지
저녁 구름 속으로 그 소리 사라지네.

林亭秋已晚,　騷客意無窮.
遠水連天碧,　霜楓向日紅.
山吐孤輪月,　江含萬里風.
塞鴻何處去,　聲斷暮雲中.

■
* 이 시는 『율곡전서』 권1에 실려 있는 율곡 이이의 시 <화석정(花石
亭)>이다. 율곡이 여덟 살 때에 이 정자에 올랐다가 지은 시라고 한
다. 안변에서 이 시가 김삿갓의 시라고 잘못 전해졌으므로, 이응수
선생이 통천에 사는 이성두 씨의 제보를 받고 『김립 시집』에 잘못
실었는데, 이번의 번역 작업에서는 참고삼아 실었다. 김삿갓 시의 목
록에서는 빼야 한다.
1. 『김립 시집』에는 '월(月)'자로 되어 있지만 대의(大意)에서는 일광(日光)
으로 번역했으며, 율곡의 <화석정> 시에서도 '일(日)'자로 되어 있다.

회양을 지나다가
淮陽過次

산 속 처녀가 어머니만큼 커졌는데
짧은 분홍 베치마를 느슨하게 입었네.
나그네에게 붉은 다리를 보이기 부끄러워
소나무 울타리 깊은 곳으로 달려가 꽃잎만 매만지네.[1]

山中處子大如孃. 緩著粉紅短布裳.
赤脚踉蹌羞過客, 松籬深院弄花香.

■
1. 원문의 '농화향(弄花香)'을 그대로 옮기면 '꽃향기를 즐긴다'는 뜻이다.

광탄을 지나며
過廣灘

지팡이 짚고 몇 해나 부질없이 떠돌았던가.
시름 밖의 고향산으로 꿈속에나 돌아가네.
왕찬도 나라 걱정하며 헛되이 <등루부(登樓賦)>를 지었고[1]
가의도 좋은 시절 만났지만 헛되이 늙어갔네.
바람이 낙엽을 불며 삼경이 지나가자
달 아래 겨울옷 다듬는 소리만 집집마다 들려오네.
모진 이 내 생애를 한탄한들 무엇하랴
다시 한 번 술병 차고 봉황대[2]에 오르리라.

幾年短杖謾徘徊.　愁外鄕山夢裏回.
憂國空題王粲賦,　逢時虛老賈誼才.
風吹落葉三更急,　月搗寒衣萬戶催.
齷齪生涯何足歎,　携盃更上鳳凰臺.

■
1. 왕찬은 삼국시대 위나라 고평 사람인데, 박학다식한 데다 문장도 뛰
　어났다. 한나라 말기에 형주로 피난 가서 유표(劉表)에게 몸을 의탁하
　고 지냈는데, 자기의 뜻을 펼 수 없으므로 다락에 올라 시국을 걱정
　하며 <등루부(登樓賦)>를 지었다. 원나라 때에는 <왕찬등루(王粲登樓)>
　라는 극까지도 생겨났다.

■

2. 봉황대는 남경에 있는 높은 언덕이다. 송나라 원가(元嘉) 연간에 이
   언덕 위에 진귀한 새들이 몰려와 날개를 쉬면서 아름다운 소리로 울
   었으므로, 사람들이 그 새를 '봉황'이라 하고, 그 언덕을 '봉황대'라고
   하였다.
   옛날 봉황대 위에 봉황새가 놀았건만
   봉황은 가고 대는 비어 강물만 혼자 흐르네.
   鳳凰臺上鳳凰遊, 鳳去臺空江自流. — 이백 〈등금릉봉황대〉

보림사를 지나며
過寶林寺

빈궁과 영달은 하늘에 달렸으니 어찌 쉽게 구하랴
내가 좋아하는 대로 유유히 지내리라.
북쪽 고향 바라보니 구름 천 리 아득한데
남쪽에 떠도는 내 신세는 바다의 물거품일세.
술잔을 빗자루 삼아 시름을 쓸어버리고
달을 낚시 삼아 시를 낚아 올리네.
보림사[1]를 다 보고나서 용천사[2]에 찾아오니
속세 떠나 한가한 발길이 비구승과 한가지일세.

窮達在天豈易求.　從吾所好任悠悠.
家鄕北望雲千里,　身勢南遊海一漚.
掃去愁城盃作箒,　釣來詩句月爲鉤.
寶林看盡龍泉又,　物外閑跡共比丘.

■
1. 전라남도 장흥군 유치면 봉덕리 가지산 남쪽 기슭에 있는 절인데,
   신라 헌안왕 4년(860년)에 체징(體澄)이 창건했다.
2. 전라남도 함평군 해보면 광암리 무악산 중턱에 있는 절인데, 백제
   무왕 1년(600년)에 행은존자(幸恩尊者)가 창건했다.

한식날 북루에 올라서 읊다
寒食日登北樓吟

십 리 모래언덕에 사초[1]꽃이 피었는데
소복 입은 젊은 여인이 노래처럼 곡하네.
가련해라, 지금 무덤 앞에 부운 술은
남편이 심었던 벼로 빚었을 테지.

十里平沙岸上莎. 素衣靑女哭如歌.
可憐今日墳前酒, 釀得阿郎手種禾.

■
* 대개 해안 지방에서는 백사장에 묘지를 만든다. 이 소복의 젊은 여인
  [素衣靑女]은 아마도 어촌의 나이 어린 과부인 듯하다. (원주)
1. 그 뿌리가 향부자인데, 한약재이다.

배를 띄우고 취해서 읊다
泛舟醉吟

강은 적벽강이 아니지만 배를 띄웠지.[1]
땅은 신풍에 가까워 술을 살 수 있네.[2]
지금 세상에 영웅이 따로 있으랴, 돈이 바로 항우[3]이고
변사가 따로 있으랴, 술이 바로 소진[4]이지.

江非赤壁泛舟客,　地近新豊沽酒人.
今世英雄錢項羽,　當時辯士酒蘇秦.

■

1. 송나라 시인 소동파가 임술년(1082년) 7월 16일에 적벽강에서 놀며,
   그의 대표작인 <적벽부(赤壁賦)>를 지었다.
2. 신풍의 좋은 술은 한 말에 만 냥이고
   함양의 유협 가운데 소년이 많네.
   新豊美酒斗十千,　咸陽游俠多少年. - 왕유 <소년행(少年行)>
   신풍주는 술 이름이다.
3. 초(楚)나라를 세워, 한나라 유방(劉邦)과 함께 진나라를 멸망시킨 영웅
   이다. 힘이 세어서, "역발산기개세(力拔山氣蓋世: 힘이 산을 뽑을 만했고,
   기운이 세상을 덮을 만했다)"라고 한다.
4. 전국시대에 말 잘하던 유세객(遊說客)이다. 귀곡자(鬼谷子)에게 배워 종
   횡가(從橫家)의 주장을 익힌 뒤에, 제(齊)·초(楚)·연(燕)·조(趙)·한(韓)
   ·위(魏)나라를 찾아다니며, 힘을 합하여 강한 진(秦)나라에 맞서자고
   설득하였다. 그가 여섯 나라의 재상을 겸하게 되자, 진나라 군사가
   15년 동안 함곡관을 엿보지 못했다.

관왕묘
關王廟

낡은 사당이 적막한 데다 햇빛까지 차가운데
관운장의 온몸이 한나라 의관을 다시 보여 주네.
그 당시에 중원 통일을 마치지 못해
적토마가 천 년 동안 안장을 풀지 못했네.

古廟幽深白日寒.　全身復見漢衣冠.
當時未了中原事,　赤兔千年不解鞍.

■
* 관왕묘는 『삼국지연의』의 주인공인 관우(關羽)에게 제사하는 사당이다.
중국에서는 명나라 초부터 관왕묘를 세워서 일반 서민들까지 관우의
영험을 믿었는데, 우리나라에서는 임진왜란 때에 우리를 도와주러 나
왔던 명나라 군사들에 의해서 1598년 서울 숭례문 밖에 처음 세워졌
다. 처음에는 명나라 장수들이 승전을 기원하기 위해서 세웠지만, 그
뒤부터는 우리 조정에서 비용을 보조하였으며, 관왕의 생일인 5월
13일에는 선조가 직접 관왕묘에 가서 분향하고 술잔을 올리기도 하
였다. 서울에는 숭례문 밖에 남묘를, 흥인문 밖에 동묘를 세웠으며,
지방에는 1598년을 전후해서 성주·강진·안동·남원에 세웠다. 고
종 때에 와서 다시 서울에 북묘와 서묘를 세우고, 전주와 하동에도
관왕묘를 세웠다. 관왕묘를 통해서 나라의 위기를 극복하려 했던 것
이다. 현재 서울 종로구 숭인동에 있는 동관왕묘의 규모가 가장 크
고, 종로구 명륜동에 있는 관성묘는 서울특별시 민속자료 제1호로,
중구 장충동에 있는 관성묘는 제16호로 지정되어 있다.

잡편

영남 술회
嶺南述懷

높다란 망향대에 나 홀로 기대서서
나그네 시름을 억누르고 사방을 둘러보았네.
달을 따라 드나드는 바다도 둘러보고
꽃소식 알고 싶어 산 속으로 들어왔네.
오랫동안 세상 떠돌다 보니 나막신 한 짝만 남았는데
영웅들을 헤아리며 술 한 잔을 다시 드네.
남국의 자연이 아름다워도 내 고장 아니니
한강으로 돌아가 매화꽃이나 보는 게 낫겠네.

超超獨倚望鄕臺.　　强壓羈愁快眼開.
與月經營觀海去,　　乘花消息入山來.
長遊宇宙餘雙屐,　　盡數英雄又一杯.
南國風光非我土,　　不如歸對漢濱梅.

즉흥적으로 읊다
卽吟

내 앉은 모습이 선승 같으니 수염이 부끄러운데
오늘 밤에는 풍류도 겸하지 못했네.
등불 적막하고 고향집은 천리인데
달빛마저 쓸쓸해 나그네 혼자 처마를 보네.
종이도 귀해 분판에 시 한 수 써놓고
소금을 안주 삼아 막걸리 한 잔 마시네.
요즘은 시도 돈 받고 파는 세상이니
오릉땅 진중자의 청렴만을[1] 내세우지는 않으리라.

■

1. 제나라 사람 광장(匡章)이 맹자에게 말했다.
   "진중자(陳仲子)야말로 어찌 청렴한 선비가 아니겠습니까? 오릉(於陵)에
   살면서 사흘이나 먹지 못하여, 귀도 들리지 않고 코도 보이지 않았습
   니다. 우물가에 오얏 열매가 있었는데, 반 넘어 벌레가 파먹은 것이
   었습니다. 그는 기어가서 그것을 집어 먹었는데, 세 입이나 삼키고
   나서야 귀도 들리게 되고, 눈도 보이게 되었습니다."
   그러자 맹자가 이렇게 말했다.
   "나는 제나라 선비 가운데 반드시 진중자를 으뜸으로 생각하오. 그렇
   긴 하지만, 진중자를 어찌 청렴하다고 할 수 있겠소? 진중자의 절조
   를 충족시키려면, 지렁이가 된 뒤에라야 가능할 것이오." -『맹자』권
   6 <등문공> 하

坐似枯禪反愧髯．　風流今夜不多嫌．

燈魂寂寞家千里，　月事蕭條客一簷．

紙貴清詩歸板粉，　肴貧濁酒用盤塩．

瓊琚亦是黃金販，　莫作於陵意太廉．

스스로 읊다
自詠

겨울 소나무 외로운 주막에
한가롭게 누웠으니 별세상 사람일세.
산골짝 가까이 구름과 같이 노닐고
개울가에서 산새와 이웃하네.
하찮은 세상 일로 어찌 내 뜻을 거칠게 하랴
시와 술로써 내 몸을 즐겁게 하리라.
달이 뜨면 옛 생각도 하며
유유히 단꿈을 자주 꾸리라.

寒松孤店裡,　高臥別區人.
近峽雲同樂,　臨溪鳥與隣.
錙銖寧荒志,　詩酒自娛身.
得月即帶憶,　悠悠甘夢頻.

우연히 느끼다
偶感

큰 뜻이 오가는데 쾌마는 울고
닭 울음소리 들으며 가만히 앉아 앞길을 헤아렸네.
수많은 산천 거치며 얼마나 꽃구경 했던가
큰 바다를 보다 보니 작은 물소리는 들리지도 않네.[1]
세월은 나그네처럼 바삐 지나가는데
안개 같은 이 세상은 태평성세라 하네.
소매에 황금 가득한 자들이 잘난 척하며
나를 건성 화로가로 밀어내네.

劍思徘徊快馬鳴.　聞鷄黙坐數前程.
亂山徑歷多花事,　大海觀歸小水聲.
歲月皆賓猶率忽,　煙霞是世自昇平.
黃金滿袖擾擾子,　送我爐邊半市情.

■
1. 공자께서 동산에 올라가 보시고 노나라를 작게 여기셨고, 태산에 올
   라가 보시고 천하를 작게 여기셨다. 그러므로 큰 바다를 본 사람은
   작은 물을 물이라고 하기가 어려워지고, 성인의 문하에서 배운 사람
   은 여느 사람의 말을 말이라고 하기가 어려워진다. - 『맹자』 권13
   「진심」 상

고향 생각
思鄕

서쪽으로 이미 열세 고을을 지나왔건만
이곳에서는 떠나기 아쉬워 머뭇거리네.
아득한 고향을 한밤중[1]에 생각하니
천지 산하가 천추의 나그넷길일세.
지난 역사를 이야기하며 비분강개하지 마세
영웅호걸들도 다 백발이 되었네.
여관의 외로운 등불 아래서 또 한 해를 보내며
꿈속에서나 고향 동산에 노닐어 보네.

西行已過十三州. 此地猶然惜去留.
雨雪家鄕人五夜, 山河逆旅世千秋.
莫將悲慨談靑史, 須向英豪問白頭.
玉舘孤燈應送歲, 夢中能作故園遊.

■
1. 오야(五夜)는 밤을 다섯으로 나눈 시간 가운데 마지막 시간인 무야(戊
   夜)인데, 흔히 오경(五更), 또는 인시(寅時)라고 한다. 오전 3시부터 5시
   까지이다.

나를 돌아보며 우연히 짓다
自顧偶吟

푸른 하늘 웃으며 쳐다보니 마음이 편안하건만
세상길 돌이켜 생각하면 다시금 아득해지네.
가난하게 산다고 집사람에게 핀잔 받고
제멋대로 술 마신다고 시중 여인들에게 놀림 받네.
세상만사를 흩어지는 꽃같이 여기고
일생을 밝은 달과 벗하여 살자고 했지.
내게 주어진 팔자가 이것뿐이니
청운이 분수 밖에 있음을 차츰 깨달았네.

笑仰蒼穹坐可超.　回思世路更迢迢.
居貧每受家人譏,　亂飮多逢市女嘲.
萬事付看花散日,　一生占得月明宵.
也應身業斯而已,　漸覺靑雲分外遙.

일화편

환갑잔치
還甲宴

저기 앉은 저 노인은 사람 같지 않으니
아마도 하늘 위에서 내려온 신선일 테지.
여기 있는 일곱 아들은 모두 도둑놈이니
서왕모의 선도 복숭아를 훔쳐다 환갑잔치에 바쳤네.

彼坐老人不似人,　疑是天上降眞仙.
其中七子皆爲盜,　偸得碧桃獻壽筵.

* 환갑 잔칫집에 들른 김삿갓이 첫 구절을 읊자 자식들이 모두 화냈다.
김삿갓이 다시 둘째 구절을 읊자, 모두들 좋아하였다. 셋째 구절을
읊자 다시 화냈는데, 넷째 구절을 읊자 역시 모두들 좋아하였다. 서
왕모의 선도 복숭아는 천 년에 한 번 열리는데, 이 복숭아를 먹으면
장수하였다. 김삿갓은 이 아들들이 효자라고 칭찬한 것이다. 이 시는
김삿갓뿐만 아니라 여러 사람의 이름으로 떠돌았다.

환갑잔치를 하는 노인에게
贈還甲宴老人

강마을을 바라보니 아름답구나[1]
고운 모래가 십 리나 이어졌네.
저 모래를 하나하나 주어다가
부모님 연세로 헤아렸으면.

可憐江浦望,　明沙十里連.
令人個個拾,　共數父母年.

* 옛날 호남 지방에 한 부호가 살고 있었는데, 늙은 부친의 생일을 맞
았다. 술잔치를 크게 베푸니 많은 손님들이 집에 가득 찼는데, 다 해
진 도포를 입고 찌그러진 갓을 눌러쓴 한 사람이 자리에 들어와서,
자기에게도 잔칫상 하나를 베풀어 달라고 구걸하였다. 주인은 마음속
으로 매우 못마땅하게 생각하였지만, 경사스러운 날에 박대할 수가
없어서 끄트머리 자리에다 그를 앉혔다. 술잔치가 끝나고서, 주인은
변(邊)·연(連)·년(年) 석 자의 운을 부르면서, 자리에 모인 많은 손님
들에게 축하시를 부탁하였다. 해진 도포를 입은 사람이 첫머리를 읊
었다.
  "높은 언덕에 올라가서 바닷가를 바라보니,
  십 리 저 멀리까지 모래벌판이 이어져 있네.
  登高望海邊.　十里平沙連."

주인은 크게 꾸짖으면서,

"지금 축하하는 시를 지어 달라고 했는데, 그대의 시는 도대체 무슨 뜻인가?"

라고 말하였다. 나그네는 웃으면서 대답하였다.

"그대는 이 다음의 구절을 들으라."

그리고는 이어서 시를 읊었다.

"한 알 한 알을 사람으로 하여금 줍게 한다면,

그게 곧 부모의 나이를 그대가 세는 것일세.

箇箇令人拾, 算君父母年."

주인은 깜짝 놀라서 일어나 그의 손을 잡고는, 상좌로 맞아들이면서 부끄러워하며 사죄하기를 마지않았다. 세상에서는 그의 이름이 전하지 않는다. 어떤 사람은 이르기를, 그 사람이 곧 백호 임제라고도 한다. 반드시 그렇지는 않겠지만, 무릇 세상을 잘못 만나서 자기의 뜻을 펴지 못하고서 한 시대를 희롱하면서 살아간 사람일 것이다.

　　－ 이가원 『옥류산장시화』

1. 두보의 시 "강포를 바라보니 아름다워라/ 낙교 사람들이 뵈지를 않네[可憐江浦望, 不見洛橋人]"라는 시구에서 빌려왔다.

원 생원
元生員

해 뜨자 원숭이가 언덕에 나타나고
고양이 지나가자 쥐가 다 죽네.
황혼이 되자 모기가 처마에 이르고
밤 되자 벼룩이 자리에서 쏘아대네.

日出猿生原,　猫過鼠盡死.
黃昏蚊簷至,　夜出蚤席射.

산촌 학장을 놀리다
嘲山村學長

산마을 학장이 너무나 위엄이 많아
낡은 갓 높이 쓰고 가래침을 내뱉네.[1]
천황씨를 읽는 놈이 가장 높은 제자고
풍헌[2]이라고 불러 주는 그런 친구도 있네.
모르는 글자 만나면 눈 어둡다 핑계대고
술잔 돌릴 땐 백발 빙자하며 잔 먼저 받네.
한갓 빈 집에서[3] 생색내는 말이
올해 나그네는 모두가 서울 것들이라 하네.

山村學長太多威,　高着塵冠揷唾投.
大讀天皇高弟子,　尊稱風憲好朋儔.
每逢兀字憑衰眼,　輒到巡杯藉白鬚.
一般空堂生色語,　今年過客盡楊州.

■
1. '꽂을 삽(揷)'자가 '가래 삽(鍤)'자로 전해지기도 하는데, 그 경우에는
   '가래침[鍤唾]'이라는 뜻이 더욱 살아난다.
2. 조선 초기에 악질 향리를 규찰하고 향풍을 바로잡기 위하여 지방의
   품관(品官)들끼리 유향소(留鄕所)를 조직했는데, 후기에는 향청(鄕廳)이
   라고 불렸다. 향청에 좌수·풍헌 등의 임원이 있었다.
3. 일반(一般)이 일반(一飯)으로 전해지기도 하는데, "한 끼니 대접하고
   생색낸다"는 뜻이 된다.

어느 여인에게
贈某女

나그네 잠자리가 너무 쓸쓸해 꿈자리도 좋지 못한데
하늘에선 차가운 달이 우리 이웃을 비추네.
푸른 대와 푸른 솔은 천고의 절개를 자랑하고
붉은 복사꽃 흰 오얏꽃은 한 해 봄을 즐기네.
왕소군[1]의 고운 모습도 오랑캐 땅에 묻히고
양귀비의 꽃 같은 얼굴도 마외파의 티끌이 되었네.[2]
사람의 성품이 본래부터 무정치는 않으니
오늘 밤 그대 옷자락 풀기를 아까워하지 말게나.[3]

■

* 김삿갓이 전라도 어느 마을을 지나다가 이미 날이 저물었기에, 일여
덟 집 가운데 커다란 기와집을 찾아갔다. 주인은 나오지 않고 계집종
하나가 나와서 사랑채를 소제한 뒤에 저녁상을 내다주었다. 밥을 먹
은 뒤에 안방문을 열어 보았더니 소복 입은 미인이 있었는데, 어린
과부가 독수공방하는 것을 알 수 있었다. 밤이 깊은 뒤에 김삿갓이
안방에 들어가자, 과부가 놀라 일어나며 단도로 김삿갓을 겨누었다.
김삿갓이 "십 년 공부하여 서울로 과거 보러 가는 길인데, 목숨만 살
려달라"고 하자, 여인이 운을 부르며 시를 짓게 하였다. (대의)
"우리 이웃을 비추는 차가운 달빛"은 칼을 빼어든 여인의 차가운 얼
굴을 비추는 달빛이기 때문에 그렇게 표현한 듯하다.

客枕條蕭夢不仁. 滿天霜月照吾隣.
綠竹靑松千古節, 紅桃白李片時春.
昭君玉骨胡地土, 貴妃花容馬嵬塵.
人性本非無情物, 莫惜今宵解汝裾.

■
1. 왕소군은 한나라 원제(元帝)의 궁녀인데 이름은 장(嬙)이고, 소군은 그
   의 자이다. 후궁 가운데 가장 예뻤지만, 화공에게 뇌물을 주지 않았
   기 때문에 원제의 눈에 띄지 않았다. 흉노 호한선우(呼韓單于)가 미인
   을 구하였으므로, 황제가 그를 주었다. 왕소군은 융복(戎服)에 말을 타
   고 비파를 가지고 변방을 나갔는데, 끝내 흉노 땅에서 죽었다.
2. 당나라 현종(玄宗)이 양귀비에게 빠져서 정사를 돌보지 않자 안록산
   이 반란을 일으켰다. 현종과 양귀비 일행이 마외파까지 피난 갔는데,
   현종을 따르던 군사들이 이 반란의 원인이 양귀비에게 있으므로, 그
   를 처형하지 않으면 더 이상 임금을 모실 수가 없다고 항의하였다.
   현종이 할 수 없이 군사들의 청에 따라서 양귀비를 죽였다.
3. '옷자락 거(裾)'자가 이응수 선생의 대의(大意)에는 '치마 군(裙)'자로
   되어 있으며, 달리 신(身)자로도 전해지는데, 신(身)자가 운에 맞는다.
   '하늘 소(霄)'자는 '밤 소(宵)'자로 고쳐야 한다.

119

기생 가련에게
可憐妓詩

가련한 행색의 가련한 몸이
가련의 문 앞에 가련을 찾아왔네.
가련한 이 내 뜻을 가련에게 전하면
가련이 이 가련한 마음을 알아주겠지.

可憐行色可憐身.　可憐門前訪可憐.
可憐此意傳可憐,　可憐能知可憐心.

■
* 여덟 번이나 '가련'이라는 글자를 썼는데, 이 가운데 네 번은 '가련'이
라는 기생의 이름이다.

길가에서 처음 보고
街上初見

그대가 『시경』 한 책을 줄줄 외우니
나그네가 길 멈추고 사랑스런 맘 일어나네.
빈 집에 밤 깊으면 사람들도 모를 테니
삼경쯤 되면 반달이 지게 될 거요. - 김삿갓
길가에 지나가는 사람이 많아 눈 가리기 어려우니
마음 있어도 말 못해 마음이 없는 것 같소.
담 넘고 벽을 뚫어 들어오기가¹ 어려운 일은 아니지만
내 이미 농부와 불경이부 다짐했다오. - 여인

芭經一帙誦分明.　客駐程驂忽有情.
虛閣夜深人不識,　半輪殘月已三更. - 金笠詩
難掩長程十目明.　有情無語似無情.
踰墻穿壁非難事,　曾與農夫誓不更. - 女人和詩

■
* 김삿갓이 어느 마을을 지나가는데, 여인들이 논을 매고 있었다. 그 가
  운데 한 미인이 『시경』을 줄줄 외우고 있기에, 김삿갓이 앞 구절을
  지어 그의 마음을 떠보았다. 그러자 여인이 뒷 구절을 지어, "남편과
  다짐한 불경이부(不更二夫)의 맹세를 저버릴 수 없다"고 거절하였다.
  (대의)
1. 부모의 지시나 중매쟁이의 주선을 기다리지 않고 제멋대로 담에 구
  멍을 뚫어 서로 엿보거나 울타리를 넘나들며 서로 짝지어 놀아난다
  면, 부모나 온 나라 사람들이 모두 그런 남녀를 천박스럽게 여길 것
  이다. -『맹자』 권6 <등문공> 하

피하기 어려운 꽃
難避花

청춘에 기생을 안으니 천금이 초개 같고
대낮에 술잔을 대하니 만사가 부질없네.
먼 하늘 날아가는 기러기는 물 따라 날기 쉽고
청산을 지나가는 나비는 꽃을 피하기 어렵네.

靑春抱妓千金開，　白日當樽萬事空.
鴻飛遠天易隨水，　蝶過靑山難避花.

■
* 김삿갓이 어느 마을을 지나가는데, 길가 술집에서 청년들이 천금을
  털어놓고 기생들과 놀고 있었다. 김삿갓이 부러워하며 한자리에 끼어
  술을 얻어 마신 뒤에, 이 시를 지어 주었다. (대의)

기생과 함께 짓다
妓生合作

평양 기생은 무엇에 능한가. - 김삿갓
노래와 춤 다 능한 데다 시까지도 능하다오. - 기생
능하고 능하다지만 별로 능한 것 없네. - 김삿갓
달 밝은 한밤중에 지아비 부르는 소리에 더 능하다오. - 기
생

金笠.   平壤妓生何所能.
妓生.   能歌能舞又詩能.
金笠.   能能其中別無能.
妓生.   月夜三更呼夫能.

■

* 평양감사가 잔치를 벌이고 '능할 능(能)'자 운을 부르자, 김삿갓이 먼
  저 한 구절 짓고 어느 기생이 이에 화답하였다. 그 날 밤에 김삿갓이
  이 기생과 함께 잤다고 한다. (대의)

젖 빠는 노래

嚥乳章三章

시아비는 그 위를 빨고
며느리는 그 아래를 빠네.
위와 아래가 같지 않지만
그 맛은 한가지일세.

父嚥其上, 婦嚥其下.
上下不同, 其味則同.

시아비는 그 둘을 빨고
며느리는 그 하나를 빠네.
하나와 둘이 같지 않지만
그 맛은 한가지일세.

父嚥其二, 婦嚥其一.
一二不同, 其味則同.

∎

* 김삿갓이 어느 선비의 집에 갔는데, 그가 "우리집 며느리가 유종(乳腫)
   으로 젖을 앓기 때문에, 들어가서 젖을 좀 빨아 주어야 하겠소"라고
   하였다. 김삿갓이 "망할 놈의 양반이 예절도 잘 지킨다"고 분개하면
   서 이 시 한 수를 써서 조롱하고 나왔다. (대의)
   '아비 부(父)'자와 '며느리 부(婦)'자를 지아비와 지어미로 볼 수도 있
   다.

시아비는 그 단 곳을 빨고
며느리는 그 신 곳을 빠네.
달고 신 것이 같지 않지만
그 맛은 한가지일세.

父嚥其甘,　婦嚥其酸.
甘酸不同,　其味則同.

윤가촌을 욕하다
辱尹哥村

동림산 아래 봄풀이 푸른데
큰 소 작은 소가[1] 긴 꼬리를 흔드네.
오월 단옷날은 근심 속에[2] 지나갔지만
팔월 추석은 어찌 넘길지 두려워라.[3]

東林山下春草綠, 大丑小丑揮長尾.
五月端陽愁裡過, 八月秋夕亦可畏.

■
* 함경도 단천에 윤가들이 모여 살았는데, 그들이 우쭐대며 건방지게
  구는 꼴을 보고 김삿갓이 비웃으며 지은 시이다. (대의)
1. 소[丑]에다가 긴 꼬리를 달아 주면 윤(尹)자가 된다.
2. '수리(愁裡)'는 '근심 속에'라는 뜻이지만, 우리말로 읽으면 '수리', 즉
   '단오'라는 뜻이 된다.
3. '가외(可畏)'는 '두렵다'는 뜻이지만, 우리말로 읽으면 '가외', 즉 '한가
   위' '추석'이라는 뜻이 된다. 명절이 되면 소를 잡기 때문에 두려워하
   는 것이다.

길주 명천
吉州明川

길주 길주 하지만 길하지 않은 고장.
허가 허가 하지만 허가하는 것은 없네.
명천 명천 하지만 사람은 밝지 못하고
어전 어전 하지만 밥상에 고기는 없네.

吉州吉州不吉州,　許可許可不許可.
明川明川人不明,　漁佃漁佃食無魚.

■
* '어전'은 함경도 명천군 기남면 어전리이다.(뒤에 아간면 어전리가 되었다)
  길주는 나그네를 재우지 않는 풍속이 있으며, 허가가 많이 살지만 잠
  자도록 허가해 주지 않는다. '어전(漁佃)'은 "물고기 잡고 짐승을 사냥
  한다"는 뜻인데, 이 동네 밥상에 고기가 오르지 않아 풍자한 시이다.
  (대의)

옥구 김 진사
沃溝金進士

옥구 김 진사가
내게 돈 두 푼을 주었네.
한번 죽어 없어지면 이런 꼴 없으련만
육신이 살아 있어 평생에 한이 되네.

沃溝金進士,　與我二分錢.
一死都無事,　平生恨有身.

■
* 김삿갓이 옥구군 김 진사 댁을 찾아가 하룻밤 투숙하기를 청하자, 김
  진사가 돈 두 푼을 주며 내쫓았다. 김삿갓이 이 시를 지어서 대문에
  붙이고 가자, 김 진사가 이 시를 보고 김삿갓을 찾아서 자기 집에다
  재우며 친교를 맺었다. (대의)

시 짓는 나그네들과 말장난하다
與詩客詰言居

바위 위에는 풀이 나기 어렵고
방 안에서는 구름이 일어나지 않네.
산 속의 새가 무슨 일로
봉황새 노는 곳에 날아 들어왔나. - 나그네
나는 본래 천상의 새라서
늘 오색 구름 속에 있었지.
오늘밤 비바람이 사나워
들닭 무리 속에 잘못 떨어졌네. - 김삿갓

客.　　石上難生草,　　房中不起雲.
　　　　山間是何鳥,　　飛入鳳凰群.
金笠.　我本天上鳥,　　常有五綵雲.
　　　　今宵風雨惡,　　誤落野鷄群.

■
* 김삿갓이 금강산 시회에 끼어들자, 글 짓던 나그네들이 김삿갓을 골
  려주려고 먼저 시를 지었다. 그러자 김삿갓이 뒤 구절을 읊어, 도리
  어 그들을 놀려 주었다.

말장난 시
弄詩

유월 더위에 새는 앉아서 졸고
구월 찬바람에 파리는 다 죽었네.
달이 동산에 뜨니 모기가 처마에 이르고
해가 서산에 지자 까마귀가 둥지를 찾네.

六月炎天鳥坐睡,　九月凉風蠅盡死.
月出東嶺蚊簷至,　日落西山烏向巢.

---

* 구절마다 끝의 세 글자는 뜻과 동시에, 우리말로도 읽어야 한다. 즉
　조 좌수(趙座首)·승 진사(承進士)·문 첨지(文僉知)·오 향수(吳鄕首)를
　놀린 시이다. 첫 구절을 예로 들면, "조 좌수는 유월 더위에 앉아서
　조는 새 같다"는 뜻이다.

파자시
破字詩

신선은 산 사람이고, 부처는 사람 아닐세.
기러기는 강 새이고, 닭은 큰 새일세.
얼음이 녹아 한 점을 잃으니 다시 물이 되고
두 나무가 마주보니 숲을 이뤘네.

仙是山人佛不人,　鴻惟江鳥鷄奚鳥.
氷消一點還爲水,　兩木相對便成林.

---

* 선(仙) · 불(佛) · 홍(鴻) · 계(鷄) · 빙(氷) · 림(林)자를 각기 파자(破字)한 시
  이다. (대의)

세상 사람들을 깨우치다
譬世

부자는 부자라서, 가난한 자는 가난해서 걱정하니
굶주리고 배부름이 비록 다르지만 근심하기는 똑같네.
가난도 부자도 내 소원 아니니
부자도 가난하지도 않은 보통 사람이 되고 싶네.

富人困富貧困貧.　飢飽雖殊困則均.
貧富俱非吾所願,　願爲不富不貧人.

■
* 시집의 제목이 <비세(譬世)>라고 되었지만, 의미상 <경세(警世)>가 더 어울릴 듯하다.

탁주 내기
濁酒來期

주인이 운을 부르는데 너무 고리구려.[1]
나는 음으로 하지 않고 새김으로 하리라.[2]
탁주 한 동이를 빨리빨리 가져오라.
이번 내기는 자네가 지네.[3]

主人呼韻太環銅.　我不以音以鳥熊.
濁酒一盆速速來,　今番來期尺四蚣.

---

1. '너무 태(太)', '고리 환(環)', '구리 동(銅)'자를 그대로 새기면 "너무 고
   리구려"라는 뜻이 된다.
2. '새 조(鳥)', '곰 웅(熊)'자를 붙여서 새기면 "새김(새콤)"이 된다.
3. '내기(來期)'는 음으로 읽는다. '자 척(尺)', '네 사(四)', '지네 공(蚣)'자
   를 붙여서 새기면 "자네가 지네"라는 뜻이 된다.

원당리

元堂里

진주 원당리에서
과객이 저녁밥을 비는데,
종놈이 나와서 사람 없다 이르더니
아이는 나와서 집안에 변고가 있다고 하네.
이런 집은 조선에서 처음 보았고
경상도 안에서도 하나뿐일세.
우리 동방은 예의지국인데
세상 인심이 아니 되었네.

晋州元堂里,　過客夕飯乞.
奴出無人云,　兒來有故曰.
朝鮮國中初,　慶尙道內一.
禮義我東方,　世上人心不.

화로
火爐

머리는 호랑이 같고 입은 고래 같지만
자세히 보니 호랑이도 아니고 고래도 아닐세.
머슴에게 불씨를 담게 한다면
호랑이 머리도 굽고 고래 입도 구울 수 있네.

頭似虎豹口似鯨.　詳看非虎亦非鯨.
若使雇人能盛火,　可煮虎頭可煮鯨.

함관령
咸關嶺

사월인데도 함관령에서
북청군수가 추위하네.
진달래도 이제야 피기 시작했으니
봄도 산에 오르기 힘든가 보네.

四月咸關嶺,　北靑郡守寒.
杜鵑今始發,　春亦上山難.

■
* 김삿갓이 북청군수와 함께 홍원과 북청 경계에 있는 함관령을 넘다가
  지은 시이다. (원주)

중들의 풍습이 고약해
僧風惡

연대 위의 저 금부처는
무슨 일로 감중련[1]해 있나.
이 절 중들의 풍습이 고약해서
날짜 잡아 서방으로 돌아가려나 보네.

榻上彼金佛,　何事坎中連.
此寺僧風惡,　擇日欲西歸.

■
1. 감중련은 팔괘의 하나인데, 감괘(坎卦)의 상형(象形)인 '☵'을 이른
   다. 그러나 이 시에서는 구덩이[坎] 속에 잇달아 있는 모습을 뜻한다.

거짓말
虛言詩

푸른 산 그림자 속에 노루가 알을 품고
흰 구름 지나가는 강가에서 게가 꼬리를 치네.
석양에 돌아가는 중은 상투가¹ 석 자나 되고
베틀² 위에서 베 짜는 계집은 불알이 한 말이나 되네.

靑山影裡獐抱卵,　白雲江邊蟹打尾.
夕陽歸僧髻三尺,　樓上織女閪一斗.

■
1. 뜻이 분명치 않은 글자를 문맥상 계(髻)자로 고쳤다.
2. 원문의 '루(樓)'자를 '기(機)'자로 고쳐야 더 잘 통한다.

창
窓

십(十)자가 서로 이어지고 구(口)자가 빗겼는데
사이사이 험난한 길이 있어 파촉(巴蜀) 가는 골짜기 같네.
이웃집 늙은이는 순하게 고개를 숙이고 들어오지만
어린아이는 열기 어렵다고 손가락으로 긁어대네.

十字相連口字橫,　間間棧道峽如巴.
隣翁順熟低首入,　稚子難開擧手爬.

■

* 눈 오는 날 김삿갓이 친구의 집을 찾아가자, 친구가 문을 열어 주지
  않고 <창(窓)>이라는 제목을 내며 '파촉 파(巴)'자와 '긁을 파(爬)'자를
  운으로 불렀다. (대의)

산 속 늙은이를 놀리다
嘲山老

산 속의 늙은이가 오래도 살아
나이를 먹다 보니 이제 비로소 귀해졌네.
이곳 지나는 사람들은 모두가 구면이건만
콩밥 주는 주인의 인사가 글러먹었구나.

巒裡老長在,　霪年今始貴.
所經多舊冠,　太飯主人非.

■
* 원래 당나라 시인 백낙천(白樂天)이 <상산로유감(商山路有感)>이란 시를
 지었는데, 김삿갓이 이 시의 음은 그대로 두고 글자만 바꿔서 인심
 고약한 주인 영감을 놀린 시이다. 백낙천의 원시는 아래와 같다.
 만 리 길이 늘 있었건만
 육 년 만에 처음 돌아오네.
 지나는 길에 여관들은 그대로 있건만
 주인들은 태반 옛 얼굴이 아닐세.
 萬里路長在,　六年今始歸.
 所經多舊舘,　太半主人非.

양반
兩班論

네가 양반이면 나도 양반이다.
양반이 양반을 몰라보니 양반은 무슨 놈의 양반.
조선에선 세 가지 성만이 그중 양반인데
김해 김씨가 한 나라에서도 으뜸 양반이지.
천 리를 찾아왔으니 이달 손님 양반이고
팔자가 좋으니 금시 부자 양반이지만,
부자 양반을 보니 진짜 양반을 싫어해
손님 양반이 주인 양반을 알 만하구나.

彼兩班此兩班.　班不知班何班.
朝鮮三姓其中班.　駕洛一邦在上班.
來千里此月客班.　好八字今時富班.
觀其爾班厭眞班.　客班可知主人班.

빈 집에서 읊다

吟空家

한고조[1]가 몹시 추운데
도연명[2]이 오지를 않네.
진시황 아들을[3] 치려고 하니
어찌 초패왕[4]이 없으랴.

甚寒漢高祖,　不來陶淵明.
欲擊始皇子,　豈無楚覇王.

■
1. 한나라 고조의 이름은 유방(劉邦)이다.
2. 도연명의 이름은 잠(潛)이다.
3. 진시황의 아들 이름은 부소(扶蘇)이다. 이 시에서는 '부소'라는 음만
　　따와야 한다.
4. 초나라 패왕의 이름은 항우(項羽)이다. 이 시에서는 '깃 우(羽)'자를
　　'깃'으로 새겨야 한다. 부시를 치기 위한 것이다.
* 이 시를 음과 훈으로 다시 새기면 아래와 같아진다.
　　방이 몹시 추워 [甚寒邦]
　　잠이 오지 않네. [不來潛]
　　부시를 치려 하는데 [欲擊扶蘇]
　　왜 (부시)깃이 없나. [豈無羽]

어두운 밤에 홍련을 찾아가다
暗夜訪紅蓮

향기 찾는 미친 나비가 한밤중에 나섰지만
온갖 꽃은 밤이 깊어 모두들 무정하네.
홍련을 찾으려고 남포로 내려가다가
동정호 가을 물결에 작은 배가 놀라네.

探香狂蝶半夜行,　百花深處摠無情.
欲採紅蓮南浦去,　洞庭秋波小舟驚.

* 아름다운 여인을 찾는 나그네가 여러 여인들이 자는 기생방을 한밤중
  에 찾아갔는데, 어둠 속에서 홍련을 찾다가 얼결에 추파라는 기생을
  밟아서 깜짝 놀랐다. (대의)
  그러나 홍련과 추파를 반드시 여인의 이름으로만 해석할 필요는 없
  다. 미친 나비, 깊은 곳, 붉은 연꽃, 캐다, 남포, 동정호수, 가을 물결,
  작은 배 등이 모두 남녀 간의 관계를 뜻하는 용어들이다.

언문풍월
諺文風月

푸른 소나무가 듬성듬성 섰고
인간은 여기저기 있네.
엇득빗듯 다니는 나그네가
평생 쓰나 다나 술만 마시네.

青松은 듬성담성 立이요
人間은 여기저기 有라.
所謂 엇뚝뼷뚝 客이
平生 쓰나 다나 酒라.

■
* 서당에서 '있을 유(有)'자와 '술 주(酒)'자를 운으로 부르자, 김삿갓이
언문으로 풍월을 지었다. 언문 글자 수가 많지만, 토를 빼면 "청송
듬성담성 립(立), 인간 여기저기 유(有)"처럼 구절마다 일곱 자가 된
다.

언문시

사면기둥 붉엇타.
석양 행객 시장타.
네 절 인심 고약타.
(없음)

---

* 어느 절에서 중과 선비들이 시회를 열었는데, 거지 차림의 김삿갓이
끼어들어 밥을 달라고 청하자 언문풍월을 짓게 하였다. 배고픈 나그
네에게 계속 '타'자를 운으로 내었는데, 세 구절까지 듣던 중들이 김
삿갓의 정체를 깨닫고 마지막 운을 부르지 않았다. (대의)
정공채는 마지막 구절을 "지옥 가기 십상타"라고 지어 넣었다.

봄을 시작하는 시회
開春詩會作

데걱데걱 높은 산에 오르니
씨근벌떡 숨결이 흩어지네.
몽롱하게 취한 눈으로 굶주리며 보니
울긋불긋 꽃이 만발했네.

데각데각 登高山하니
시근뻘뜩 息氣散이라.
醉眼朦朧 굶어觀하니
욹웃붉웃 花爛漫이라.

■
* 김삿갓이 건너편 산에서 개춘시회(開春詩會)가 열린 것을 보고, 관례대
로 나막신을 빌려 신고 산에 올라갔다. 그러나 시를 지어야만 술과
안주를 준다는 말을 듣고, 위의 언문시를 지었다. 그가 내려오려고
하자, 사람들이 언문풍월도 시인가 아닌가 서로 따졌다. 그러자 김삿
갓이 다시 한 수를 읊었다.
諺文眞書석거作하니
是耶非耶皆吾子라. (대의)
"언문과 진서를 섞어 지었으니, 이게 풍월이냐 아니냐 하는 놈들은
모두 내 자식이다"는 풍자이다. 위의 시가 한 구절에 아홉 자씩 되어
있지만, 현토한 두 글자를 빼면 7언절구가 된다. 아래의 시도 역시 7
언시이다.

돈
錢

천하를 두루 돌아다니며 어디서나 환영받으니
나라와 집안을 흥성케 하여 그 세력이 가볍지 않네.
갔다가 다시 오고 왔다가는 또 가니
살리고 죽이는 것도 마음대로 하네.

周遊天下皆歡迎.　興國興家勢不輕.
去復還來來復去,　生能死捨死能生.

송아지 값 고소장
犢價訴題

넉 냥 일곱 푼짜리 송아지를
푸른 산 푸른 물에 놓아서
푸른 산 푸른 물로 길렀는데,
콩에 배부른 이웃집 소가
이 송아지를 뿔로 받았으니
어찌하면 좋으리까.

四兩七錢之犢을   放於靑山綠水하야
養於靑山綠水러니   隣家飽太之牛가
用其角於此犢하니   如之何則可乎리요

■
* 가난한 과부네 송아지가 부잣집 황소의 뿔에 받혀 죽자, 서당에서 이
  이야기를 들은 김삿갓이 이 시를 써서 관가에 바쳐 송아지 값을 받
  아 주었다. (대의)

만사
輓詞

동지 생전에는 우리가 쌍동지더니
동지가 죽고 나자 외동지가 되었네.
동지여, 이 동지도 잡아가게나.
지하에서도 쌍동지가 되길 바라네.

同知生前雙同知.　同知死後獨同知.
同知捉去此同知.　地下願作雙同知.

■
* 김삿갓이 어느 마을 이동지네 집에서 하룻밤을 자는데, 마침 뒷집에
 살던 김동지가 세상을 떠났다. 김동지는 이 집 주인 이동지와 나이도
 같은 평생지기였는데, 글을 지을 줄 몰라 만사(輓詞)를 짓지 못하고
 고민하였다. 그래서 김삿갓이 이 만사를 대신 지어 주었다. (대의)

파운시
破韻詩

두(頭)자 운에는 본래 춘(春)자가 없으니[1]
운을 불러 주는 선생이 좆대가리 같네.
주린 날은 항상 많고 배부른 날은 적으니
문 앞에 이르러서 지팡이를 "콩"[2] 세우네.

頭字韻中本無春,　呼韻先生似腎頭.
飢日常多飽日或,　客到門前立笻太.

■
1. 주인이 시운을 몰라서 춘(春)·두(頭)·태(太)자를 운으로 불렀다. '춘'
　자와 '두'자는 같은 운이 아니다.
2. '콩 태(太)'자에서 '콩'이라는 소리만 빌려서 지팡이를 땅에 세우는 소
　리를 표현하였다.

서당 욕설시
辱說某書堂

서당을 일찍부터 알고 와보니
방 안에 모두 귀한 분들일세.
생도는 모두 열 명도 못 되고
선생은 와서 뵙지도 않네.

書堂乃早知,　房中皆尊物.
生徒諸未十,　先生來不謁.

* 이응수 선생이 김삿갓의 시를 수집할 때에 이 시는 무려 열댓 군데서
  수집되었을 정도로 널리 알려졌던 시이다. 구절마다 뒤의 세 글자는
  소리로 읽어야 한다.
  서당은 내조지/ 방안엔 개좃물
  생도는 제미십/ 선생은 내불알

중과 선비를 놀리는 시
嘲僧儒

중의 머리는 둥글둥글 땀난 말불알이고
선비의 머리는 뾰족뾰족 앉은 개좆일세.
목소리는 구리방울이 빈 구리솥에 구르는 듯
눈동자는 검은 후추알이 흰 죽에 빠진 듯해라.

僧首團團汗馬閬,　儒頭尖尖坐狗腎.
聲令銅鈴零銅鼎,　目若黑椒落白粥.

---

* 랑(閬)·신(腎)·죽(粥)을 운으로 쓴 파운시(破韻詩)이다. 셋째 구절은
   "성령동령령동정" 일곱 자가 모두 이응 받침으로 끝나 방울소리를
   연상시키고, 넷째 구절도 "목약흑초락백죽" 가운데 여섯 자가 기역
   받침으로 끝나 서걱거리는 느낌을 준다.

금강산에서 중과 함께 짓다

가죽나무 꺾어내니 달 그림자가 마루에 비치고 –중
참며느리나물이 아름다우니 산 속에 봄이 들었네. –김삿갓
바윗돌을 굴려 내리면 천 년 되어야 땅에 가 닿고 –중
봉우리가 한 자만 더 높으면 하늘에 닿겠네. –김삿갓

假僧木折月影軒. 眞婦菜美山妊春.
石轉千年方倒地, 峰高一尺敢摩天.

■
* 첫 구절의 '가승목(假僧木)'에서 '거짓 가(假)'자는 소리로, '중 승(僧)'자
와 '나무 목(木)'자는 뜻으로 새기면 '가죽나무'가 된다. 둘째 구절의
'진부채(眞婦菜)'도 '참 진(眞)'자와 '며느리 부(婦)'자를 뜻으로 새겨 '참
며느리나물'이 된다. (대의)

여름 구름에 기이한 봉우리가 많구나
夏雲多奇峰

한 봉우리 두 봉우리 서너 봉우리
다섯 봉우리 여섯 봉우리 일여덟 봉우리.
삽시간에 천만 봉우리를 다시 만들어 내니
구만 리 하늘에 구름뿐일세.

一峯二峯三四峯,　五峰六峰七八峰.
須臾更作千萬峯.　九萬長天都是峰.

■
* 운은 네 글자 모두 봉(峰)자를 쓰면서, 봉자를 여덟 차례나 반복하여
  청각적 효과를 느끼게 한다. 한편으로는 1부터 9까지의 숫자를 차례
  로 쓰고, 천만이라는 숫자까지 썼다. 제목은 도연명의 시 〈사시(四
  時)〉의 한 구절인데, 고개지의 시라고도 한다.

파격시
破格詩

하늘은 멀어서 가도 잡을 수 없고
꽃은 시들어 나비가 오지 않네.
국화는 찬 모래밭에 피어나고
나뭇가지 그림자가 반이나 연못에 드리웠네.
강가 정자에 가난한 선비가 지나가다가
크게 취해 소나무 아래 엎드렸네.
달이 기우니 산 그림자 바뀌고
시장을 통해 이익을 얻어 오네.

天長去無執,　花老蝶不來.
菊樹寒沙發,　枝影半從池.
江亭貧士過,　大醉伏松下.
月移山影改,　通市求利來.

* 이 시는 모든 글자를 우리말 음으로 읽어야 한다.
  천장에 거미(무)집/ 화로에 겻(접)불 내
  국수 한 사발/ 지렁(간장) 반 종지
  강정 빈 사과/ 대추 복숭아
  월리(워리) 사냥개/ 통시 구린내

시집에 실리지 않은 시들

촉석루

矗石樓

연나라와 조나라의 슬픈 노래를 부르던 선비가
촉석루에서 서로 만났네.
차가운 연기는 낮은 성채에 엉키고
낙엽은 긴 물가에 떨어지네.
평소의 목적을 다 이루지 못하고
같은 마음이 벌써 흰 머리 되었네.
날이 밝으면 남해로 떠나려는데
강 위의 가을달은 오경이 되었구나.

■
* 내가 장성(長城)에 갔을 때에, 남원의 이름난 선비 권희문(權熙文)과 만
나 찻집에서 오래 이야기하였다. 권희문이 나를 위하여 소금장사가
지은 <촉석루시(矗石樓詩)>를 외워 주었다.
우주를 통틀어 가장 미치고도 슬픈 선비가,
촉석루에서 서로 만났네.
저녁 연기는 낮은 보루에 엉기고,
떨어지는 나뭇잎은 기인 물가에 깔리는구나.
평소의 우리 뜻 황권을 어겼더니,
붉은 마음이 벌써 흰 머리가 되었네.
소금을 지고서 동해 바다로 떠나려니,
서리 속에 차가운 달 벌써 가을도 깊었구나.
宇宙悲狂士,　相逢矗石樓.
暮煙凝短壘,　落葉下長洲.
素志違黃卷,　丹心已白頭.
負鹽東海去,　霜月五更秋.

燕趙悲歌士, 相逢矗石樓.
寒烟凝短堞, 落葉下長洲.
素志遠黃卷, 同心已白頭.
明朝南海去, 江月五更秋.

■

내 그를 슬퍼하여, 오랫동안 아무말도 못하였다. 권희문은 머리를 묶고서 옛 책을 읽었는데, 키가 여섯 자나 되었고 말하는 것이 슬펐으니 또한 때를 못 만나 바위 틈에서 묻혀 사는 한 선비였다. ─리가원 『옥류산장시화』

<촉석루> 시는 이규용이 엮은 『증보 해동시선』(회동서관, 1920년)에 실려 있는데, 『옥류산장시화』에 의하면 이 시가 그전부터 다른 사람의 이름으로 지방에 전해졌던 것 같다.

공씨네 집에서
辱孔氏家

문 앞에서 늙은 삽살개가 콩콩 짖으니
주인의 성이 공가인 줄 알겠네.
황혼에 나그넬 쫓으니 무슨 까닭인가.
아마도 부인의 아랫구멍을 잃을까 두려운 게지.

臨門老狵吠孔孔. 知是主人姓曰孔.
黃昏逐客緣何事, 恐失夫人脚下孔.

■
* 이하 4수는 차상찬의 <불우시인열전>(중앙, 1936년 2월호)에 실렸다.
  <마석(磨石)> 외의 제목들은 정대구 선생이 붙인 것이다.
** '구멍 공(孔)'자를 '공공(개소리)', '공가(성)', '구멍'이라는 세 가지 뜻으
  로 썼다.

지관을 놀리다
嘲地官

풍수선생은 본래 헛된 일인데
남북을 가리키며 부질없이 혀를 놀리네.
청산 속에 만약 임금 날 자리가 있다면
어찌 네 애비를 파묻지 않았나.

風水先生本是虛,　指南指北舌翻空.
靑山若有公侯地,　何不當年葬爾翁.

■
* 차상찬 〈불우시인열전〉(중앙, 1936년 2월호)에 실렸다.
  이 무렵에 김삿갓에 대한 자료가 중심적으로 소개되었다. 이응수 선
  생이 구비문학으로만 떠돌던 김삿갓의 시들에 관심을 가지고 본격적
  으로 수집해 소개하자, 평소에 김삿갓의 시를 몇 수씩 외우던 사람들
  이 몇 편씩 추가해서 소개한 것이다.

이사하는 법
移徙難

그대에게 묻노니 이사하는 법을 아는가.
세 가지도 아니고 다섯 가지나 되네.
첫째는 돈 가지고 얼굴 사귀고
둘째는 글 솜씨로 인정을 얻어야 하네.
그렇지 않으면 근본이 양반이든가
하다못해 돌팔이 의원이라도 돼야 한다네.
네 가지 다 없고 땅마저 볼 줄 모르면
무엇을 믿고 양반촌에 들어왔는가.

問君倘識移居法, 非但三黨有五黨.
一以錢財交世交, 二將文筆得人情.
不然或有班根脈, 出下能知製藥方.
無四且兼盲地術, 恃何敢入士夫鄕.

■
* 차상찬의 〈불우시인열전〉(중앙, 1936년 2월호)에 실렸다.

맷돌
磨石

누가 산 속의 바윗돌을 둥글게 만들었나.
하늘만 돌고 땅은 그대로 있네.
은은한 천둥소리가 손 가는 대로 나더니
사방으로 눈싸라기 날리다 잔잔히 떨어지네.

誰能山骨作圓圓,　天以順還地自安.
隱隱雷聲隨手去,　四方飛雪落殘殘.

---

* 차상찬의 <불우시인열전>(중앙, 1936년 2월호)에 실렸다.

처와 첩에게 희롱삼아 지어 주다
戱贈妻妾

덥지도 않고 춥지도 않은 이월에
한 아내와 한 첩이 아주 불쌍하구나.
원앙베개 위에는 머리 셋이 나란하고
비취이불 속에는 여섯 팔뚝이 이어져 있네.
입을 열어 웃으면 모두 품(品)자 같이 보이고
몸을 뒤쳐 누우면 천(川)자가 되네.
동쪽 일을 마치기 전에 서쪽 일을 치르다가
다시 동쪽을 향해 옥권을 치네.

不熱不寒二月天.　一妻一妾最堪憐.
鴛鴦枕上三頭並,　翡翠衾中六臂連.
開口笑時渾似品,　翻身臥處變成川.
東邊未了西邊事,　更向東邊打玉拳.

■
* 이하 2수는 박용구 편저 『김립 시집』(정음사, 1979년)에 실린 것이다.
　그런데 이 시는 이항복이 지은 시라고 전한다. 김삿갓의 시 목록에서
　는 빼야 하지만, 이 번역에서는 참고삼아 실었다.
** 상국(相國) 기자헌(奇自獻)이 일찍이 (탄핵을) 피하여 여염집에 살고 있
　었다. 백사가 가서 그를 만나 보니, 기자헌이 이렇게 말하였다.
　"머무는 집이 너무 좁아서 아내와 첩이 한 방에서 자게 되니, 구차하
　기가 이를 데 없네."

■

백사가 돌아와서, 시 하나를 지어 그에게 보내 주었다.

덥지도 않고 춥지도 않은 이월의 하늘 아래,
한 아내와 한 첩이 불쌍하게 견디는구나.
원앙베개 위에는 머리 셋이 나란하고,
비취이불 속에는 여섯 팔뚝이 이어져 있네.
입을 열어서 웃을 때면 모두 품(品)자와 같아 보이고,
곁으로 몸 뉘어 잠이 들면 마치 천(川)자 같구나.
한밤에 동쪽 일을 겨우 끝내고 나면,
또 저 서쪽에서 손을 들어 치네.
不熱不寒二月天.   一妻一妾正堪憐.
鴛鴦枕上三頭並,   翡翠衾中六臂連.
開口笑時渾似品,   側身寐處恰如川.
中宵纔罷東邊事,   又被西邊打一拳.
한때 전해 가면서 웃었는데, 그 형용이 잘 되었다고 사람들이 일러
주었다. - 리가원 『옥류산장시화』

제사하는 집을 욕하다
辱祭家

해마다 섣달 보름날 밤에
그대 집에 제사가 있는 걸 내가 알지.
칼솜씨 빠른 음식이 제사상에 오르고
헌관과 집사들이 모두 아뢰고 뵙지.

年年臘月十五夜,　君家祭祀乃自知.
祭奠登物用刀疾,　獻官執事皆告謁.

---

* 구절마다 끝의 세 글자는 모두 욕이다. 우리말 음으로 읽으면 "십오
  야, 내자지, 용도질, 내고알"이 된다.

낙민루
樂民樓

교화를 펴야 할 선화당에서 화적 같은 정치를 펴니
낙민루 아래에서 백성들이 눈물 흘리네.
함경도 백성들이 다 놀라 달아나니
조기영의 집안이 어찌 오래가랴.

宣化堂上宣火黨,　樂民樓下落民淚.
咸鏡道民咸驚逃,　趙岐泳家兆豈永.

* 전국 팔도에서 관찰사가 집무 보는 관아를 선화당이라고 했다.
  이 시는 구절마다 동음이의어를 쓰고 있다. 앞의 세 글자는 원래 쓰
  는 낱말이고, 뒤의 세 글자는 음만 따다가 풍자적으로 쓴 말이다.
  　선화당(宣化堂 ↔ 宣火黨)
  　낙민루(樂民樓 ↔ 落民淚)
  　함경도(咸鏡道 ↔ 咸驚逃)
  　조기영(趙岐泳 ↔ 兆豈永)
** 아이바 세이(相場淸)의 <김립의 시풍[金笠の 詩風]>(조선학보 48집)에 실
   렸다.

오랑캐 땅에 화초가 없다는데
胡地花草

호지에 화초가 없다지만
호지라고 화초가 없으랴.
호지에는 화초가 없더라도
어찌 땅에 화초가 없으랴.

胡地無花草. 　胡地無花草.
胡地無花草. 　胡地無花草.

* 아이바 세이(相場淸)의 <김립의 시풍[金笠の 詩風]>(조선학보 48집)에 실
렸다.

아름다운 여인
佳人

동창을 향해 껴안고 쉬지도 않고 즐겼는데
교태를 띠면서도 수줍은 모습일세.
아직도 사랑하느냐 나지막히 물었더니
금비녀 매만지며 머리를 끄덕이네.

抱向東窓弄未休.　半含嬌態半含羞.
低聲暗問相思否.　手整金釵小點頭.

■
* 정공채의 『오늘은 어찌하랴』(학원사, 1985)에 실렸다.

부록

김사립전(金莎笠傳)

김사립은 동해 부근 사람인데, 김(金)은 그의 성이고, 사립(莎笠)은 머리에 삿갓을 썼기 때문에 그렇게 부른다.

을사년(1845년) 겨울에 내가 서울 어느 여관에서 묵고 있었는데, 어느날 우전 정현덕이

"천하의 기남자가 여기 있는데, 어찌 와서 만나지 않느냐"

고 편지를 보내왔다. 그래서 가보니, 과연 삿갓을 쓴 자가 있었다. 그는 술을 좋아하고, 미치광이같이 해학을 즐겼으며, 시도 잘 지었다. 술에 취하면 가끔 통곡하기도 했는데, 평생 과거를 보지 않았다고 하니 과연 기인이었다.

그가 밤중에 나를 발로 차면서,

"너는 금강산을 보았느냐?"

고 물었다. 그래서

"금강산은 명승지이다. 나는 금강산을 꿈에도 잊지 못했지만, 아직 가보지는 못했다."

고 했다. 그러자 김삿갓이 눈을 부릅뜨고 똑바로 쳐다보면서 말했다.

"나는 해마다 반드시 금강산을 본다. 어떤 해에는 봄에도 가보고, 가을에도 또 가본다." - 황오(黃五)『녹차집(綠此集)』

김병연이 관서지방에 발길을 끊다

김병연은 안동 김씨다. 그의 조부 익순(益淳)이 선천부사로 있으면서 순조 임신년(1812년)에 역적 홍경래에게 투항한 죄로 사형 당하고, 그 집안이 그 일 때문에 폐족이 되어 버렸다. 병연은 스스로 천지간의 죄인이라고 하면서 삿갓을 쓰고 하늘의 해를 보지 않았기 때문에, 세상 사람들이 그를 김삿갓이라고 부르게 되었다.

김삿갓은 공령시(功令詩: 科詩)를 잘 지어 세상에 알려졌다. 그가 일찍이 관서지방에 가 있을 때에 노진(盧稹)이라는 사람이 있었는데, 그도 역시 공령시를 잘 지었지만 김삿갓만큼은 못했다. 그래서 노진이 김삿갓을 관서지방에서 몰아내려고 김익순을 조롱하는 시를 지어 세상에 알렸는데, 그 시는 다음과 같다.

> 대대로 나라에 벼슬하는 신하 김익순아
> (가산군수) 정공은 향대부에 불과했지만,
> 너의 가문은 장동 김씨 훌륭한 집안이었고
> 이름도 장안의 순(淳)자 항렬이었지.
> (이릉) 도리(桃李) 장군은 농서에서 항복했건만
> 열사 소무의 공명은 기린각 그림 가운데서도 높았네.[1]

김삿갓이 이 시를 보고 한번 크게 읊은 뒤에 "참 잘 지었다" 하고는 피를 토하더니, 다시는 관서 땅을 밟지 않았다. 그가 늘 황해도 땅을 오가다 <구월산> 시를 지었다.

지난해 구월에 구월산을 지났는데
올해 구월에도 구월산을 지나네.
해마다 구월에 구월산을 지나니
구월산 풍경은 늘 구월일세.

그는 늘 비분강개하며 지내다가, 마침내 주막에서 객사하였다.
- 강효석 『대동기문(大東奇聞)』

<hr/>

■
1. 한나라 장군 소무와 이릉이 흉노족과 싸우다가 포로가 되었는데, 이
   릉은 흉노에게 항복했지만 소무는 끝내 항복하지 않고 19년이나 고
   생하다가 한나라로 돌아왔다. 이 시에서는 선천부사 벼슬을 하다가
   홍경래에게 항복한 김익순을 한나라 장군 이릉에게 비유했고, 끝내
   항복치 않고 싸우다가 죽은 가산군수 정시를 한나라 장군 소무에게
   비유했다. 『대동기문』에 실린 이 시는 흔히 알려진 <논정가산충절사
   탄김익순죄통우천(論鄭嘉山忠節死嘆金益淳罪通于天)>에서 일부를 옮긴 것
   인데, 순서도 바뀌었다.

* 표시는 원시제목이 없는
  본문의 첫 구절을 나타낸 것임.

이 책을 옮긴 **허경진**은

1974년 연세대학교 국문과를 졸업하고,

1984년 같은 대학원에서 박사학위를 받았다.

목원대학교 국어교육과 교수를 거쳐

연세대학교 교수를 역임했다.

주요 저서로『조선위항문학사』, 『대전지역 누정문학연구』

『넓고 아득한 우주에 큰 사람이 산다』,『허균평전』등이 있고

역서로는『다산 정약용 산문집』,『연암 박지원 소설집』,

『매천야록』, 『서유견문』, 『삼국유사』, 『택리지』,

『한국역대한시시화』,『허균의 시화』가 있다.

韓國의 漢詩 · 36
金笠 詩選

옮긴이 · 허경진

펴낸이 · 이정옥

펴낸곳 · **펑민사**

1997년 11월 20일 초판 1쇄 발행

2015년   6월 20일 초판 3쇄 발행

2020년   8월 20일 2판 1쇄 발행

주소 · 서울시 은평구 수색로 340, 동일빌딩 202호

전화 · 375-8571(영업)

팩시 · 375-8573

E-mail · pyung1976@naver.com

등록번호 · 제25100-2015-000102호

값 13,000원

* 잘못 만들어진 책은 바꾸어 드립니다.